U0038054

田中泰延

改變人生的簡單寫作技巧

為自己而寫

読みたいことを、書けばいい。人生が変わるシンプルな文章術

推薦序——

這本書，讓你再也找不到對寫作卻步的理由

Super教師・暢銷作家 歐陽立中

還記得學生時代，只要國文老師在課堂上說要寫作文。全班會非常有默契地發出「哦……」的怨懟聲，因為沒有人喜歡寫作文。但考試會考，又不得不寫。那時的我，雖然跟著大家一起「哦……」，可是心裡卻是雀躍的。因為只有在寫作的時候，我才可以好好說出我想說的話。後來，我成為國文老師，換我站在台上，發下作文卷，聽著全班的哀鴻遍野。但這不是最可怕的，最可怕的時刻永遠是「改作文」。教師界流傳一句話叫做「上輩子殺了人，這輩子改作文」。可見改作文對老師身心靈的摧殘程度有多高！

當然，偶爾改到一兩篇早慧的文字，宛若張愛玲，讓人心頭蕩漾。但更多的是會讓你頻頻蹙眉，或直打呵欠的文章。我認真研究學生的寫作問題，發

現有兩大盲點：

第一，投其所好，失去自我。比方有一年作文題目叫做「失去」，你知道嗎？學生作文一寫出來，台灣死亡率就瞬間飆高。為什麼？因為大家要嘛寫爺爺奶奶過世，要嘛就寫柑仔店慈祥老奶奶過世。問題是，哪來這麼多柑仔店老奶奶呢？真真假假、虛虛實實。因為他們知道，這樣寫比較容易得到閱卷者同情，進而獲得高分。

第二，經驗受限，題材乏味。像是學生筆下最常寫的，不外乎就是準備考試的經驗。挫敗的事，就寫考試失利；成功的事，就寫考場得意。除了考試之外，難道沒有其他生活經驗嗎？其實是有的，只是很多人未曾好好提煉。

因此，很多人在大學考完作文後，就不再寫作了。因為他們誤以為自己不會寫，也誤以為寫作是寫給閱卷者看的。直到這幾年，寫作成為這世界的流行色。突然，大家發現寫作可以跨越時空，增加自己的影響力；突然，大家意識到透過寫作出書，可以創造自己的被動收入；突然，大家爭相建粉專、部落格，想要成為網路上的意見領袖。

是的，因為寫作，讓我不只是老師。還同時擁有「暢銷作家」、「爆文教練」、「知名講者」的多重身分。我發現很多人想寫，卻因為過去對寫作的誤解，而導致用錯誤方法努力，因而不見成效。你說，那該怎麼辦呢？**我誠心建議，在你寫作前，一定要把田中泰延的《為自己而寫》讀三遍！**這本書是我讀過，對於「寫作心態」，寫得最真誠、也最踏實的。

來，你先回想看看，對於寫作，讓你卻步的理由有哪些？我想，第一個通常是：「文筆要好才能寫作。」田中泰延若聽到，絕對放聲大笑，因為你完全搞錯出發點了。田中泰延說：「因為你日常生活中會讀的文章，有90%都是『隨筆』。」所以不要想寫出驚世鉅作，用輕鬆的筆調、口語的用詞，跟讀者分享真實的你。

你茅塞頓開，終於提起寫作的勇氣，開始下筆。但接著你會遇到的第二個困擾是「要怎樣寫出讓人想看的文章？」這時，田中泰延會反問你：「你寫文章是為了取悅別人嗎？」市面上，不乏教人家如何寫出爆紅文章的書或課程，我自己也深諳此道。但《為自己而寫》給了我們一個重要的提醒，那就是：「當你成為評價的奴隸時，就會討厭起書寫。」人生是自己的，評價來自別人，你無法滿足所有人的評價，只能過好自己的人生，寫出真誠的自己。在這過度包裝的年代，你會發現，真誠會讓讀者更願意追隨你。

最後，你寫著寫著，肚子也餓了，第三個困擾隨之而來：「寫作真的能填飽肚子嗎？」田中泰延的人生歷程，或許可以作為參考，他曾在廣告公司工作，後來寫影評走紅，片商爭相邀約。最後他跟公司辭職，專職投入寫作。所以他說：「書寫是單獨一人投入的新創企業。」你不只是在寫作，還是在創業。當然，你還是會很納悶著：「收入哪來？」我想以《為自己而寫》最喜歡的一句話回應你：「有價值的意見，就絕對會被標價。」你要做的就是，持續閱讀、思考、寫作！

寫作扭轉了田中泰延和我的人生。我由衷希望，你的人生轉捩點，是從讀了《為自己而寫》開始。記住，不會寫作的人，把人生的挫敗當鳥事，成天抱怨。但會寫作的人，懂得把人生的悲喜，都封裝成故事。

前言——

所謂「為自己而寫」

你是大猩猩嗎？

你曾單純為自己下廚，然後享用自己的料理嗎？

要是在這裡，就聽到有人說「沒有」。那這本書真可說是出師不利了。如果是這樣的人，願意拿著這本書躺著隨便看看就很好了。無論如何，實際買下這本書還是最要緊的。

這已經是三十多年前的事了。某雜誌刊登著「你的職業適性測驗ＹＥＳ、ＮＯ表」，當時還是國中生的我，懷抱著「自己適合什麼工作呢」的純真心情，想測驗看看自己的職業適性。事不宜遲，立刻嘗試作答。

【第一題：你是大猩猩嗎？YES、NO】

……也不知道當時的我在想什麼。

不管三七二十一就選了「YES」，然後順著箭頭前進，

最後好不容易來到終點，映入眼簾的是以下的衝擊性文句：

【你是大猩猩，首先請思考如何成為人類】

這人到底是基於什麼心態，製作出這些選項的呢？

對於職業適性測驗而言，需要這個問題嗎？

是製作雜誌的編輯部指示的嗎？

不，大概是親切地考慮到，

開始測驗的對象也可能是大猩猩才這麼做吧。

想書寫的破壞力

唯一可以說的是，寫下這種東西的人是因為「想寫，所以寫出來了」。這不是某人的命令，也不是為了迎合他人的要求。無論我再怎麼想，都覺得這人是因為「自己想看」，所以才會這麼寫出來的。寫下這種東西的自己，當下是很開心的。

感覺上雖然滿乏味的，但事過境遷三十多年，當我準備撰寫有生以來頭一本書時，最先浮現腦海的就是這件事，可見這件事有多麼讓人印象深刻了。現在已經五十歲的我，想要見見寫下那些東西的人，然後想拿折扇從那人頭上敲下去。

沒錯，書寫自己想看的東西，就是擁有這麼強大的破壞力。閱讀過那些東西之後，我才察覺到這個原理：「如果書寫自己想看的東西，自己就會開心」。

你幸福嗎？

本書並非坊間常見的「文章寫作技巧書籍」。我再怎麼說，好歹也是在寫文章，藉此收費過生活的。不過，其中所需的並非「技巧」。

請問，你曾經學了技巧，然後得到技巧習得所標榜的效果、效能或收入嗎？我只閱讀了大概一百本減肥書後，就開始深信不疑。那就是，技巧根本沒用。我完全沒有瘦下來的跡象。

「解決問題」的文章或「達成目的」的文章，的確都有。那不是為了考試的小論文合格，就是為了公司工作，想讓交易對象出錢購買。技巧對於這些方面，可能派得上用場吧。

但是，並不是說小論文及格或達成上期預算，你就會因此幸福到不行吧。如果你說：「我現在就是幸福到不行啊」，那我希望你把這本書讀到最後，然後再徹底反駁我。無論如何，把這本書買回去才是最要緊的。

本書想傳達的是，藉由「書寫自己想看的內容」，「讓自己變得快樂」。不，無法傳達出去也無妨。畢竟寫下並閱讀這些內容的自己，已經很開心了。

自己讀起來都覺得沒意思的文章，別人讀起來也不可能覺得有意思。所以，就是書寫自己想看的內容。

這就是「以讀者立場出發的文章寫作術」。

我想，大家都曾單純只為自己做過菜。就算沒有別人品嚐，還是用自己的方式費盡心思下功夫，如果煮得好吃，就會很開心。而在偶然機會下，告訴別人那個美味的料理方法，還可能因此結婚或開店。

所謂的「自己變得開心」，並不是單純改變自己懷抱的心境，又或者不去正視自己不滿意的現實。藉由書寫，「現實是會實際改變的」。我想從這一點開始談起。

目錄

第2章：致「設定好讀者」的你

寫給誰看？ 093

第3章：致「本身是無趣之人」的你

怎麼寫？

第4章：致想要改變生活方式的你

為什麼寫？

序章：**致寫了，卻沒人要看的你**

你是為了
什麼而寫？

這是一本文字很少的書

這本書的封面，白紙黑字寫著「寫作術」。但是，卻不是一本想教大家寫作技巧的書。不是那樣的，這是一本想介紹為了書寫，該如何思考的書。

眾所皆知的是，字很多的書，光是因為字多就讓人不想再看下去了。所以字少很重要。本書的寫作盡可能精簡文字，徹底排除無謂的說明。我有次出門去附近超商，結果忘記帶錢包，跑回家拿的途中，用智慧手機記錄下這件要緊事：「無謂說明越少越好，這點很重要。」

一回家，發現錢包放在玄關鞋櫃上面。太好了！那是剛買一年的新錢包，是用拉鍊閉合的細長型皮夾。無論如何，無謂說明很多和文字很多的書，就會讓人不想看下去。

只要一看到《提升書寫能力的72個技巧》之類的書，就會覺得心累。要一步一步走到什麼時候？適度來點單腳跳躍或雙腳跳躍如何？

甚至還有名為《書寫的一百個法則》。我覺得，要是背誦法則的記憶力這麼強大，不如去報名司法考試，當個律師什麼的還比較好。你覺得呢？

「寫作術」是名人寫的東西

另外，坊間充斥的寫作術書籍中，還有彷彿想說「你這種等級的，先去學學文章再說」的那種艱澀難讀的書。這就像是胖得要命的人出減肥書，散發出一種不由分說的魄力。

說到底，一些所謂的「文章讀本」，都是因撰寫文章而功成名就的人所寫的。著名的有谷崎潤一郎[1]的《文章讀本》、三島由紀夫[2]的《文章讀本》、丸谷才一[3]的《文章讀本》等。這些書的共通點，第一是聲名顯赫的文豪著作。第二是書名都一樣，買的時候很容易混淆。

但是，我既不是有名小說家，也不是人氣專欄作家。以寫書的人而言，沒沒無名。說到底，這本書就是我的處女作。那麼以一副了不起的樣子，夸夸其談「讓我來教大家如何寫文章吧」的我到底是誰？又是何方神聖呢？

既然你問了，我就簡單自我介紹一下吧。我叫田中泰延。名字發音有點難，所以在很多地方都是一張大頭照，外加「我是田中泰延。請讀成「Hironobu」的文字說明，結果越來越常在電車或路邊，遇到看過說明的陌生人劈頭就叫我：「Hironobu、Hironobu」。雖然文字說明是「請讀成Hironobu」，但是可沒寫「請稱呼我Hironobu」[4]啊。誠摯希望，大家別隨隨便便的直呼人家名諱呀！

我呢，一九六九年出生於大阪府，這並不是我的責任。之後，我進入早稻田大學就讀，後來有二十四年都在廣告公司「株式會社　電通」擔任廣告文

1. 谷崎潤一郎：一八八六～一九六五，日本近代文學的代表性小說家，代表作包括《春琴抄》、《細雪》等。
2. 三島由紀夫：一九二五～一九七〇，日本戰後大師級小說家、劇作家、電影製作人，晚年表現出強烈政治傾向，最後選擇切腹自殺。代表作包括《假面的告白》、《金閣寺》等。
3. 丸谷才一：一九二五～二〇一二，日本小說家、文藝評論家、翻譯家，現代日本文壇的代表性人物之一。
4. 日文中「讀」（読む）與「稱呼」（呼ぶ）兩個動詞，接續後文產生音便後都讀成「よんで（Yonde）」，故有此言。

案。此外，也是公安委員會核發，特准汽車或未滿50CC機車駕駛的「第一種駕駛執照」的所有人。

簡單來說，我就是一個只擁有駕照的上班族。此前二十四年之間，每個月確認薪水有匯進來，就會打從心底覺得「身為上班族真是太好了」！結果，卻在二〇一六年辭去工作，成為無業遊民。

書寫超級長文的契機

一切的起因，是我在二〇一五年任職電通時，受網站「街角的創意」（街角のクリエイティブ）委託，撰寫電影評論。我那時偶爾會在推特上，簡短發表看過的電影感想，而主持該網站的西島知宏先生，之前原本就在關注我的相關文章。後來的二年之間，我就在名為「田中泰延的娛樂新黨」專欄中，寫了大概二十部的電影評論。附帶一提，「娛樂新黨」這個名字是西島先生取的。我直到現在，還是不懂那是什麼意思。會加進自己的名字，是為了讓自己寫的報導，在網路上容易被找到。結果，這些文章獲得累積超過二百萬的瀏覽數量。

我並不是特別基於「想讓很多人閱讀」的心情去書寫，而且這些報導，是我一邊在公司上班一邊寫下的，就算有稿費，每篇也只是去喝一攤就花完的金額。性質上，並不是根據瀏覽量支付一定比例的那種文章。

這些電影評論的特徵，「總而言之就是很長」。每篇平均七千到八千字，後來還越來越多達到一萬數千字的文章。那是因為觀賞某部電影時，「這一幕好像在哪裡看過耶。」「是引用其他電影嗎？」「自己怎麼會哭成這副德行呢？話說回來，很類似之前聽了那首音樂，感動不已的體驗呢！」只要像這樣沒完沒了地一思考，自己就會想去閱讀各種理由，並且想得不得了，難以壓抑「雖然麻煩還是寫寫看吧」的情緒。

我並不是為了誰而書寫。總之我定下了「為自己書寫」的方針，而整體流程就是起初有個「請嘗試寫寫看」的委託人，然後有個一寫完就能刊載的平台。就那麼持續一陣子後，事情完全出乎意料之外，在推特等收到眾多迴響。而且，好幾個主要著眼於電影評論的媒體也紛紛邀稿，我於是一篇又一篇寫下去。

就那樣，自己隸屬於廣告公司，為某處的某人製作出的商品，撰寫宣傳文章，並藉此獲得薪水這件事，開始讓我感到不自在。

但是如前文所述，我並不是藉由書寫自己想看的東西來賺取生活費。所以，也不是對外說「我要辭去電通的廣告文案一職，今天起我就是個自由撰稿人，請給我工作」而獨立的。

只是，當時自己內心對於「『別人要我做，我也不想做』、『別人要我別做，我也想做』的事情一清二楚」，所以改變了生活方式。如此而已。

就那樣，成為無業遊民的我自稱「青年失業家」。掛上這稱號時的我已經四十六歲，雖然遭受「這是哪門子青年」的嚴厲批判，只是我看到電視介紹網路公司「CyberAgent」比自己小三歲的社長藤田晉是「青年實業家」，想說「三歲應該在誤差範圍之內吧」，所以就這麼自稱了。如果有怨言，麻煩去找藤田先生與電視台。

收到來自怪人的電郵

辭職之後，我投稿到各式各樣的網站，接著就收到幾家大出版社「想幫你出書」的邀約。各出版社的企畫書羅列著：

《區區電通，給我辭一辭！老子的推特活用術　田中泰延》
《大企業都給我去吃屎！用ＳＮＳ確保飯碗的方法　田中泰延》
《網路爆紅！發大財！WEB WRITING　田中泰延》

諸如此類我想都沒想過的暫訂書名，全都被我慎重婉拒了。

我內心一片黑暗，覺得「唉，這世界追求的就是這樣的書啊」。

但是！希望大家看看本書的版權頁。

某天，我收到來自「Diamond」出版社一位叫做今野良介的先生一封異常熱情的Email。大家沒必要閱讀，不過為了讓大家感受那樣的氛圍，在此全文轉載第一封寄來的電郵。

＊ ＊ ＊

田中泰延先生

您好，初次見面。

我是「Diamond」出版社，

負責商務書籍製作的今野良介（Konno Ryosuke）。

由於我真的很想與田中先生合作製作書籍，因此來信聯繫。

這是一本名為「足以信任的人的話語」的書籍企畫，

如果您對下述宗旨有興趣，哪怕只有一點點興趣也好，

不知道有沒有機會，直接會面洽談呢？

我希望透過本書實現的是，「增加真誠的書寫者」。

主要是希望Web（全球資訊網）上以真誠話語交流的人際關係

又或是從中孕育而出的相關內容，能因此盡可能增加。

我已經下定決心，將主題為「文章表現」的書籍製作

做為編輯職業的終身職志，

但是有好多人都煩惱「文章無法打動人心」。

我最近開始覺得，其中一大原因會不會在於「書寫者在說謊」呢？

我所思考的「謊」，不僅是明顯具有惡意的內容，

「實際上不這麼想，卻這麼寫」

「直接借用他人的話語」

「介紹某個自己沒有愛的對象」等，全都包含在內。

當然，在很多情況下是需要說謊的。
說謊的關係，有時還可能被視為是豐富的關係。
但是，我想就在小小謊言累積的過程中，
當我們變得對自身的謊言毫無所覺時，
慢慢地是不是就無法與對方交心了呢？
因此，我開始這麼妄想
希望田中先生首先能將何謂「存在文章中的謊言」
還有其缺點語言化，
以此為起點去構思本書結構。
只要閱讀本書，
就能明白對方有沒有在說謊（＝能否信任）。
然後，自己本身學會「運用真誠話語的方法」，
藉此慢慢書寫出「打動人心的文章」。
我有這個榮幸，與您一同製作出這樣的書籍嗎？

抱歉，越寫越長了。

不過我想聊聊，為什麼想邀請田中先生來撰寫這樣的內容。

讀過田中先生大量的推特，特別是與追蹤者的對話，

就可以感受到您似乎能瞬間洞悉對方是在說謊的人，

又或是能毫不在乎傷害他人的人，然後做出回應。

我覺得，您即使在回覆那麼大量留言的同時，

對於他人的惡意或謊言還是相當敏銳，

而且還能非常準確地回應。

另外，單純只是因為我很喜歡田中先生的文章。

特別是貝多芬《第九號交響曲》的評論或

《進擊的鼓手》（*Whiplash*）等電影評論，

撰寫的重點不僅在於「該作品客觀而言有何意義」，

還有「自己感受到什麼？愛的是哪裡？」

所以拜讀時會覺得很舒服，讓人如沐春風。

我想，如果是田中先生
就能幫忙闡明說謊者的文章結構、說謊的缺點，
以及真誠闡述的意義與方法，
所以才會對您提出邀約。
連篇累牘，若能承蒙您閱讀至此，
對此提案稍加考量，甚幸。
一切還請多多指教。

今野良介

＊＊＊

之所以會說那是一封「實在過於熱情的信」，是因為閱讀起來甚至覺得恐懼，後來索性暫時冷凍不去管它。這封信讓我想起，一位名為「燃殼」[5]的小說家有天深夜突然寄來處女作《我們都無法成為大人》（ボクたちはみんな大人になれなかった）的初稿全文，問我「我寫出了這樣的東西，但是自己也搞不

懂在寫什麼。可以麻煩田中先生看看，行不通就老實跟我說嗎？」時感受到的恐懼。

今野先生的提案，好像比那什麼《區區電通，給我辭一辭！老子的推特活用術　田中泰延》強多了。只是，我還是搞不太懂他的意思。下一封電郵，開宗明義這麼寫道「『如果是少少的、就一小段，寫寫也無妨』、『幫忙寫一寫也行啊』、『不寫怎麼會知道啊，你這傢伙』。如果您是這麼想的話，不知道能否對於我們該如何銜接下個步驟提供評論呢」，全文共六十行。這封Email有部分是這麼寫的：

● 在人生的不同歷程中，「回憶」會如何變化？品味回憶的方式，也會像維基百科越來越上軌道一樣地逐漸變化嗎？

5. 燃殼：日文原文「燃え殼」，日本新銳網路小說家，推特追蹤人數超過二十一萬，處女作問世後大受好評，被譽為「一四〇字的文學者」。

● 什麼樣的「意見」，能讓讀者覺得感佩？
● 您認為，為什麼深入思考時，只要吐出其他截然不同的東西來，就能因此獲得靈感呢？
● 想請教您「書寫自己想看的東西」的具體過程。

結尾的最後一行與本書是有關聯的，但是在當下那個時間點，我還是搞不懂他在寫什麼東西。於是，我找了熟人商量。他們是同為出版社「Diamond」，出版了《被討厭的勇氣》一書的古賀史健先生，還有文案撰稿者同時負責主持「Hobonichi糸井新聞」的糸井重里先生。

結果兩人都沒反對，我心不甘情不願地就那麼答應了，不過此後卻以各種理由拖延了半年。在此之間，今野先生還是寫了高達數萬字的電郵給我，很恐怖。我在無可奈何之下，決定開始寫書。因為，今野先生真的是個有點怪的人。

致搞錯出發點的人

雖然僭越了本分，但是閱讀我的電影評論等文章的人齊聚一堂，讓我到場授課的機會越來越多。支付學費前來的人士，幾乎都懷抱這樣的志向。

——想成為專業寫手

——想傳達出內心所想

——想知道寫出「網路爆紅文」的方法

——想培養高明的文章寫作方法

——想靠寫作謀生

只是，幾乎所有人都在起點的「思考方式」就卡關。起初的「心之所向」就已經搞錯了。在展開一切之前，「方針」就搞錯了方向。出發點很奇怪，想讓大家覺得自己「好厲害」、想要錢、擁有目的意識沒關係，但是根據這種思考方式去書寫，只會寫出沒人要看的文章。

我上課時，都會數度重複這樣的論點。當場也會獲得聽眾「明白了」、「很認同」、「讓人耳目一新的論點」的感想回饋，然後隔週又會發現同樣的學生在其他講師課程中，開心聆聽著「鎖定網路爆紅文的方法」等技巧，一邊做筆記，實在讓人灰心。你耳目一新的頻率也太高了！用的是日拋式隱形眼鏡嗎？

比起諸如此類沒用的寫作術或朝空虛目標努力的生活方式，我書寫時所懷抱的心情是「希望大家瞭解書寫原本的樂趣，還有那一些些的麻煩」。

最重要的是，這同時也是我為自己所寫的。畢竟所有的文章，都是為自己書寫的。

附錄1

田中泰延撰寫的報導10選

自我介紹是結束了，不過那什麼新黨、一萬數千字的報導感覺上也很可能是騙人的。因此在進入正題之前，我想先列舉幾篇自己在網路上寫的報導。只要掃描篇名附註的QR Cord，利用智慧手機立刻就能瀏覽。

我既不是人氣專業寫手也不是專欄作家，但是以田中泰延的名義所撰寫的報導，光是在「街角的創意」上，就有累計三百三十萬的網頁瀏覽數量。合併投稿到其他媒體的文章，到二〇一九年目前為止輕而易舉地就能超越五百萬的ＰＶ（網頁瀏覽量）。不論是報導中又或是作者介紹欄位，都刊登了大頭照。

即便如此，還是沒人知道我是誰。就算自己的名字與長相被看了五百萬次，還是沒人知道田中泰延是誰。走在路上也只是偶爾被怪人纏上而已，我就是沒沒無聞到這種地步，還能堂堂正正走進TSUTAYA（蔦屋）的十八禁專區。

太開心了！

但是，這是怎麼一回事呢？接觸到我的作品的人有五百萬人。以規模而言，應該是宇多田光專輯銷售量等級了。

但是，沒人知道我。一定是同一個人讀取了五百萬次。

這五百萬PV要是每次可以收一百圓（約台幣二十八元），早就應該拿到五億圓了。這樣也太貪心了，1PV1圓就好，那樣也有五百萬圓，很夠了。不，1PV0．1圓就好，那也應該有五十萬圓。不，1PV0．01圓也好。

不過，就是沒有，完全看不到錢。當初根本沒想到會被這麼多人閱讀，所以是免費又或收取便宜稿費去寫的。這就是不知道為什麼可以免費獲得內容的二十一世紀的現實。

「我要成為Web專業寫手！！！！」希望這麼想的人，對於這方面也要有所覺悟，去當海盜頭子都還比較賺。子門真人錄〈游吧！鯛魚燒君〉時，因為沒有簽版權合約，所以只領到當天津貼。結果那首〈游吧！鯛魚燒君〉狂銷五百萬張以上。

過去的事情，追悔也沒用。我想要向前看，總有一天想抓到狸貓，賣掉毛皮牟利。這樣的我，接著就來列舉幾篇在 Web 上寫的報導吧，可以免費閱讀。這是什麼鬼啊！

＊＊＊

① 田中泰延的「娛樂新黨」

・瘋狂麥斯：憤怒道（Mad Max : Fury Road）
www.machikado-creative.jp/planning/11395/

・貝多芬「第九號交響曲」
www.machikado-creative.jp/planning/21673/

・上帝為難（Hard to be a God）
www.machikado-creative.jp/planning/6817/

這是我開始寫些什麼的原點。「街角的創意」總編西島知宏先生從東京遠道而來造訪大阪，在希爾頓飯店請我吃昂貴日本料理，對我說：「你現在用我的錢吃下去了吧？喝下去了吧？這代表要幫忙寫了吧。」

之後的兩年，我就針對電影或音樂等調查書寫，像這樣實踐了二十次以上。在當公司職員的同時為自己而寫，成為我很重要的喘息時間。

② 秒速大賺一億圓的武將 石田三成 ～立刻搞懂石田三成的生涯～

mitsunari.biwako-visitors.jp/column

很不可思議的是，應該做的事情會召喚更多應該做的事情。我後來接到閱讀過上述「娛樂新黨」的滋賀縣宣傳負責人委託，撰寫出身滋賀縣的武將石田三成。

由於堅持徹底調查的態度，雖說是來自嚴肅公家機關的委託，最後還是讓我自由發揮，讓人感激。

本篇報導全文一萬數千字全都刊登於「東京廣告文案撰寫者俱樂部年鑑二〇一八」。我想，這或許是日本最長的「廣告文案」了吧。

③ 迷上北川亮君的上班族的獨白

natalie.mu/music/pp/maximumthehormone02

「電通」裡沒見過幾次面的岡部將彥先生，有一次突然聯絡我說：「極限賀爾蒙樂團（Maximum the Hormone）的北川亮君說想請你寫新作品介紹。對方指名田中泰延先生。」

之後，我就常與北川亮君去喝一杯。人生真的是無法預測呢！這篇文章現在被放在「極限賀爾蒙」的官網，就是得寫寫看吧。

④「東京廣告文案撰寫者俱樂部　接力專欄」

・大阪人的做法

www.tcc.gr.jp/relay_column/id/3570/

・如今是為了我、你、他等人，被驅策著投入寫作

www.tcc.gr.jp/relay_column/id/3854/page/1

雖說是身為會員的「東京廣告文案撰寫者俱樂部」專欄，我完全不懂這麼重要的內容，當初怎麼會免費去寫的。

我全部大概寫了十五次。糸井重里先生就是看了這個，才聯絡說想要見面。人生真的無法預測呢，就是寫寫看吧！

⑤「八〇年代的音樂專欄 Re:minder」

・田中泰延向公司辭職的真正原因

reminder.top/760847469

承蒙「Re:minder」的太田代表[6]開口，讓我寫了十五篇八〇年代音樂專欄文章。我覺得「Re:minder」是十分獨特、有價值的檔案資料室，以後有機會還想再來寫寫看。

此外，我也與自己高中開始就是粉絲的漫畫家上條淳士展開了交流。

⑥試著做做看「到了京都學園大學去看看（連載企畫名稱）」

www.kuas.ac.jp/admissions/ITMT/endroll

雖然校園名稱已經更名為「京都先端科學大學」，不過這是我與專業寫手夏生紗枝、松瀨雅彥在二年之間所投入的大學宣傳報導。

那時候嘗試摸索以專業寫手組隊，朝相同目標前進，撰寫報導的方法。學習，真的是很有意思的一件事。

6. 太田代表：意指八〇年代音樂社群媒體「Re:minder」負責人太田秀樹。

⑦ 跟隨若沖去了

mediarocket.jp/7545

福島縣的熊坂仁美女士聯絡我說：「希望田中先生來看看若沖[7]，然後撰寫相關文章。」嘗試探詢、調查，書寫之下，得知人生總有意想不到的偶然與必然。

話說回來，辭去「電通」的工作後，我從沒有拜託過任何人說：「請給我工作。」

這是多麼讓人感激的一件事情啊。我想為了主動出聲找我的人加油。話雖如此，自己覺得有意思是很重要的。

⑧「泰延雜記」

・凌晨兩點的泳池畔

www.machikado-creative.jp/planning/53409/

・有什麼所謂「完結的事情」嗎？

www.machikado-creative.jp/planning/56434/

・鯉魚並非遠日之鮑

www.machikado-creative.jp/planning/58288/

・帝國大廈不見不散

www.machikado-creative.jp/planning/52129/

承蒙委託，希望我在「街角的創意」撰寫「娛樂新黨」之外的連載，所以寫了各式各樣沒有重點的東西。

過去的記憶是自己接觸到的「事象」，我藉由寫作察覺，自己長久以來始終珍藏著因那些事象而激發的「心象」。

這是還滿個人的隨筆連載。

7. 若沖：指伊藤若沖（一七一六～一八〇〇），日本活躍於江戶時代的鬼才畫家，巧妙融合寫實與想像，也被稱為「奇想的畫家」。

⑨ 加藤順彥是「不會讓人厭煩的人」

inumimi.papy.co.jp/inmm/sc/kiji/1-1117935-84

這篇在Web上全文公開，是我自一九八八年參加學生創業以來三十年的前輩加藤順彥先生出版著作《年輕人啊，成為亞洲的海龜吧　演講錄》時，用於該書的解說文。

對方本來是拜託說：「幫忙寫一篇大概八百字的後記，」結果不知道為什麼寫到七千字，所以原本應該是後記的文章就被放到了卷首。

⑩「Photo 泰延」

・追憶的Runway32L

www.sigma-sein.com/jp/photohironobu/0004

・尼泊爾逍遙

www.sigma-sein.com/jp/photohironobu/0007

我為自己任意冠上「青年失業家」名號，自二〇一八年起也以「攝影者」頭銜自稱。

照片是徹底的外行人，不過我有些報導搭配先前列舉的「泰延雜記」的照片，結果「株式會社SIGMA」的人看了那些報導，就提出連載邀約。

能讓我自由結合照片與文章，自己想看的畫面與自己想讀的內容，實在讓人感激。

以上就是我到目前為止寫過的文章。接下來，進入正題吧。

第1章：致運用部落格或SNS書寫的你

寫什麼？

瞭解本身領域

「Writer」這個英文詞彙泛指「寫作的人」。

小說、腳本、報導、專欄，全都能統稱為「Writer」。

但是，日本源自這個詞彙的

外來語「ライター」（後文譯：專業寫手）

指稱範圍雖是以寫作為業的人，仍有微妙差異，範圍較為狹隘。

本章首先會明確定義「涵蓋範圍」。

而在該範圍內，正是專業寫手的活動領域。

要寫什麼？——①

先瞭解「文書」與「文章」的差異

這本書明確寫出了「寫作術」。

只不過，內容想教的是基於何種目的的技術呢？

報告、論文、Email、報告書、企畫書，如前文所述，這些都是為了「解決問題」又或「達成目的」的文件。

坊間充斥的「寫作術」書籍，不知道為什麼全都懇切詳盡地指導這種文件的書寫方法。

只是，

與其稱「文章」，不是應該稱之為業務用「文書」嗎？

但是，如今網路上滿滿的都是「文章」。

（或許）有想寫、想讀的人，對象卻是文章。

幾乎沒有學生會將提交給大學的畢業論文在網路公開，宣告「請大家務必閱讀看看」。

我也從沒見過有哪個上班族在網路發表向上司提出的報告書，然後說「坐等大家感想」。

那些都是明明不想寫，卻被強逼著寫出來的東西，連自己都不想看了，別人當然更不想看。因為，那些是「文書」。

號稱「寫作術」的書籍中，有些內容還寫著「站在上司立場思考　想要去看的報告書」等，信口開河地胡說八道。

不論報告書寫了什麼，就算是上司也不會想去看的。

這種「文書」，書寫的人也好，閱讀的人也罷，全都是為了薪水。

那麼，舉凡如部落格、專欄、書評、電影評論、近況報告、論及時事問題、Facebook 或 Twitter 等等……這些一連上網路就映入眼簾的「文章」，葫蘆裡到底是賣什麼藥呢？

要寫什麼？——②

網路閱讀得到的文章，有90%都是「隨筆」

事實上就文章而言，有想書寫的人，也有想閱讀的人的所謂「量產帶（Volume zone）」，這就是「隨筆」。

那麼，「隨筆」又是什麼呢？

我在擔任寫作教室的講師時，絕對會問學生這個問題。

不過，幾乎沒人能回答得出來。

學生大概都會以

「隨性寫出來的文章？」

「想到什麼就寫什麼？」

等疑問句回答。

這些答案有兩點錯誤。首先是定義模糊，接下來，提問的是我。

定義是非常重要的。

當然，查找辭典「隨筆」這個項目，就寫著如「任筆尖隨思緒馳騁而寫出的文章」等說明。

任筆尖隨思緒馳騁……這是多方便的一支筆啊。哪裡買得到呢？我一定要買。

由我來定義隨筆，會是這樣的。

「事象與心象交會所激盪出的文章」

幾乎所有學生聽我這麼說，都會滿臉驚愕。

換句話說，就是還沒有定義出自己想要寫、而且希望別人看的領域。

「事象」也就是所見所聞，還有知道的東西。

這世上一切人、事、物都是「事象」。內心被現象觸動，萌生想寫的心情，那種情緒就是「心象」。

上述兩者齊備，才能寫出「隨筆」。人會接收現象的所見所聞，想要書寫對此的所思所想，而且也會想要去閱讀。

網路上閱讀得到的文章，幾乎符合這樣的「隨筆」。電影評論也是隨筆的一種。容我再進一步說明。

要寫什麼？——③

先瞭解寫文章的「領域」

當然，文章不只有隨筆。前文是說「事象與心象交會所激盪出的就是隨筆」，意即另外還有「描寫事象的文章」，也有「描寫心象的文章」。

記述以事象為主的稱為「報導」或「採訪報導」。

有像是「伊斯坦堡於五月十二日發生炸彈爆炸，造成人員死亡」這樣的報導，然而「伊斯坦堡於五月十二日發生炸彈爆炸，造成人員死亡。

這是絕對無法原諒的行為，讓人流淚」這樣的文章，已經不是報導了。因為，後段是在描寫書寫者的心象。

接下來，記述以心象為主的稱為「創作」、「虛構作品」。

換句話說，就是像小說或詩。

這種作品，不論與事象有沒有關係都無妨，單純憑藉想像力成立也完全沒問題。

「西元三四三七年，阿蒙霍特普六世的末裔莫霍洛維奇．喬治獲得太空貓皮特天啟，搭乘新型金字塔（卑彌呼．帕魯納斯．蒙布朗），前進昴宿星團」，這樣的故事也完全沒關係。

我自己也曾想過，寫些信口胡謅真的比較快，只是感覺一點意思都沒有。絕對也不會想看的。

我以講師身分站上講台的課程中，聚集很多「想在網路上書寫，讓別人閱讀」的學生。

換句話說，都是「想成為專業寫手」的人。但是如前所述，很多人對於「那麼，你想寫什麼領域」的定義都毫無自覺。

如果想寫的東西偏事象，那就是「記者」、「研究者」，如果想寫的偏心象，則是「小說家」、「詩人」。這些不論哪一種，都應該稱為某種專業。

而在不屬於上述任何一種的「隨筆」領域撰寫文章，獲得讀者支持，藉此謀生的人，就是現今一般所謂的「專業寫手」。

要寫什麼？——④

明確界定定義

容我再繼續說明一下定義。以下這個問題，也是我上課時絕對會問以「專業寫手」為志向的學生。

「請定義興趣。」

我請好幾個人回答。結果幾乎所有回答都是這樣的，「不是工作，只當作是一件樂事」、「空閒時間做的事」。

原來如此，辭典裡是這麼寫的呀！

說得都沒錯。只是，想以專業寫手身分運用語句謀生，就嘗試更深入思考吧。

有人會收集郵票。毫無疑問的，這是「興趣」。

也有人會收集高達數十支的昂貴釣魚杆。任誰看來，這都是「興趣」。

但是郵票，原本只要貼上郵寄金額的面額就好；想要釣魚，說極端一點，只要不會折斷，手拿一根長棍也就夠了。

所謂的「郵件寄達」或「釣魚」是目的。

相對而言，「郵票」或「釣魚竿」只是手段。

只是對於收集這些東西的愛好者而言，超乎必要地去購買、陳列、賞玩、輕撫這些原本該是手段的東西，已經被目的化了。

而這才是「興趣」，當我們如此定義時，就能清楚看到真相。

「手段取代目的的事情」

所謂的「興趣」，也可說是顛倒。要是不像這樣，針對每個詞彙逐一踩穩立場，書寫長文時就會淪為曖昧詞彙的堆砌。

而且，一旦忘卻每個詞彙個別的定義，就會搞不懂自己現在到底在寫什麼東西。

迷失了「事象與心象交會處激盪出的就是隨筆」的定義，以評論電影而言，要是擺脫不了「偏向事象」，就會陷入老寫電影概要的狀態，要是偏向心象，就會通篇直到結尾都只寫感想。

如果能懷抱明確定義，就不會忘記自己現在在寫什麼東西。

要寫什麼?——⑤

從懷疑語句開始做起

所謂的「重新構築定義吧」，換句話說，也是「書寫時請懷抱疑問」。一開始針對語句的思考，不可或缺的就是「懷疑語句」。

就連「語句」這個詞彙，書寫複誦五十次也會完形崩壞（格式塔崩壞：Gestaltzerfall），變得搞不懂這個詞彙的意義。

從中，才得以萌生「探求語句真相」的思考。

那個單詞，擁有自己明確感受到的重量或實體嗎？

自己不是不明就裡地挪用某人用過的單詞而已嗎？

「我相信語句」，諸如此類的前提最可疑。

我之前撰寫歷史相關報導時，突然間搞不懂「幕府」這個詞彙的意義。「幕府」、「幕府」的數度寫下來，內心逐漸喪失「幕府」的實體，成為莫名其妙的詞彙。

鎌倉幕府、室町幕府、江戶幕府。只要是住在日本接受教育的人，這應該是打從小學以來，學習、書寫、口說過數千次的單詞。

只是日本有天皇，如同君主一般的存在。只要一學歷史，從某時期開始就會順理成章論及國權主體，也就是「幕府」的存在。

「源賴朝被任命為征夷大將軍後，政治中心隨之移轉」，書裡寫得簡單，當初到底是怎麼樣掌握國家權力的呢？

此時，因為想要轉換思考，嘗試閱讀主旨是「用英語向外國人說明日本的歷史吧」的書籍。

「**Kamakura・military・government**」

書中出現這樣的記述，讓我頓時恍然大悟。

主要就是「軍事政權」啊。想想現代的東南亞或中南美的軍事政變，兩者本質很相近。軍事力量對於舊有勢力樹立了實質支配，到大政奉還為止持續了將近七百年，這就是這個國家當時的樣貌。

像這樣，自己本身理解運用語句的實體非常重要，不然是不可能將意涵傳達給他人的。

寫作術專欄❶

廣告寫法

來寫點正經的東西吧

本書並非指南，也不是商務書籍。不過一晃神，也可能寫出一些實用性內容。

我曾有二十四年是在廣告公司，以文案撰寫以及廣告策劃的身分領薪水過生活，所以無疑地接觸過商務，其中有專業性也是無庸置疑的。離職後，我也在「東京文案撰寫者俱樂部」與「大阪文案撰寫者俱樂部」擔任審查員。

所以從這裡開始的專欄，就像附帶贈送一樣，事實上或許是本書最正經的商務書籍的部分，是本書唯一有用的部分。最後可以只把這部分割下來就好，這樣就不會在家裡占位置。為免本書淪為 Amazon 上標價一圓的出售二手書，割下必要的部分，剩下的拿去紙類回收是很重要的。

只要讀過這些，你從今天開始也能當個廣告創意人。

廣告創意工作的流程

如果是電視廣告，工作流程感覺上大概是像這樣。

①聽取廣告主的前置介紹

②委託行銷部門調查／也可能不委託調查

③思考／專注投入思考

④應啟用藝人、名人時，展開相關協調交涉

⑤彙整思考、書寫／以文字書寫或畫成圖像

⑥向廣告主簡報

⑦挑選製作人、演出者等工作人員

⑧ **拍攝／可能在攝影棚，也可能出外景，又或到海外拍攝**

⑨ **編輯／製作配樂或音效**

⑩ **播放**

這麼看下來就能瞭解，廣告公司的工作是「以代理人的身分製作宣傳物」。製作廣告的是委託者，然而廣告公司卻是以外部立場被賦予課題，與其共享希望達成的目標，獲得該成果的金錢報酬。

特別值得一提的是，針對電視廣告，一般很容易認為「畫面很重要」，但是基礎是在於「語句」，也就是所謂的「文案」。這雖然很難察覺，但是影像，也就是英語所謂的「image」，只要不轉化成最終形式，就無法與他人共享。就算畫成分鏡，充其量也只是設計圖。就連說著「就是用這種意象」，與他人交談時，所謂「這種」的部分也必須藉由語句傳達。

因此在前述製作電視廣告的所有步驟中，推動作業的工具說到底也是「語句」。「意象」的輸出，不到最後步驟⑩「播放」，終究還是沒人能理解的。

關於廣告的發想方法

那麼，廣告又是如何發想的呢？從這裡開始的筆記，有很大一部分來自我長年師事的創意總監中治信博的教導。

這種情況，應該列舉實際的廣告事例，又或我自己本身任職電通時期參與過的電視廣告來說明才合理，但是那麼一來，以分量而言就會多出另一本書來。那本書也想另外賣個一千五百圓，所以這次單純敘述思考的核心部分就好。

用十五字說完

電視廣告基本上只有十五秒。三十秒、六十秒的素材有是有，不過線上播放的，大多是所謂「Spot CM」最短的十五秒廣告。更早之前還曾有過五秒廣告。

並不是說因為時間短，所以匆匆說完商品特點、產品名，還有廣告主想說的就好。如果不能從中偷渡某種設計的機關、情緒，發揮語句傳達的功能，就無法做到引人注目。

非電視廣告，也就是報章雜誌、海報廣告也一樣，必須設定在一秒之內吸引人們目光。也就是說，在翻開頁面的瞬間或通勤通學時，能否讓人們目光停駐。正因為這樣的語句，任務是在瞬間「catch（抓住）」人們目光，所以日文才會稱為「キャッチ（catch）コピー（copy）」。

因此，如果不能彙整到大概十五字，就廣告訊息而言就會過長。我們廣告文案撰寫者日積月累的訓練就是文章有多長寫多長，然後在不損及原意的情況下，看能精簡到什麼地步。

以廣告文案撰寫者的身分工作長達二十四年的我，撰寫這本書時，最困擾的就是這點。

廣告文案撰寫者滿腦子想的都是如何以短文，與對象溝通。但是以那種思考寫書的話，就會寫出一本非常輕薄、文字稀少，空白非常顯眼的書。

所以這一次，我只是用廢文填充的方式來完成本書的98%，這才總算做到以一千五百圓的價格販售。這真是太好了！我也是要過生活的呀。

我只說一件事

針對有意投入廣告業界者所舉辦的研習會等場合，常會舉辦一個實驗。假設有二百位參加者，就會請他們玩傳話遊戲。

首先，在第一個人耳邊說「白色兔子」，然後再請二百個人耳語傳話。有時中途可能會變成「藍色兔子」、「酒井法子」、「Nori-P」（酒井法子暱稱）等錯誤，但是幾乎每一次最後的第二百人都會回到「白色兔子」這個答案。這是因為，此情況中表現「兔子」特徵的形容詞只有一個「白色」而已。

接下來，換成在耳邊說「又甜又好吃的紅蘋果」，就會誤傳到讓人發噱的地步。經過二百人傳話，這句話會徹頭徹尾改變，還曾有一度會變成「狂爆的年輕獅子」。原本是想要針對「蘋果」傳達出三個好處，最後就連「蘋果」都會傳到不見。

短短一秒之內就要接觸到受眾，短短十五秒之內就必須吸引受眾看到最後的電視廣告，每個廣告的設計都只能傳達單一資訊。要是想要傳達兩個資訊，最後傳達出去的訊息可能都不到一半。

對於廣告主而言，想傳達的商品特長多不勝數。歷經千辛萬苦，努力改良東、改良西，長期研發後才終於能販售，這種心情也是理所當然。例如汽車等商品，就是集數萬處的「改良」之大成。行駛性能很棒、車內空間寬敞、安全性高、設計優良、油耗表現佳、顏色美觀……我們痛切瞭解這一切。

但是我們這些廣告人就是會狠下心來，從中選擇一項最有利的訴求做簡報，例如像是：「這次，就只傳達油耗表現佳這一點吧。」

廣告主與我們廣告人，從那些想傳達的多不勝數的事項中，決定挑出一項並對此達成共識。以前文的汽車為例，就是「油耗表現佳」。

只是，劈頭就說出這項主張，觀眾聽得進去嗎？因為各公司都在販售油耗表現佳的車輛。如果油耗表現真的是其他公司的一半，那只要傳達出這個事實就好。但事實上，在資本主義的機制之下，各公司技術競爭的結果，就是市面上滿是性能幾乎不相上下的產品。

在此情況下，不論如何都需要做到吸引人才行。這也是為什麼這世上沒完沒了的都是藝人廣告的原因。如果起用早已受到生活大眾歡迎的演員、歌手、運動選手、藝人等，在傳達商品優點之前，首先就能吸引目光。有些情況，比起說些什麼，誰來說更是決勝關鍵。

渡邊謙感覺上明明不像是會開輕型汽車[8]的人，渡邊謙感覺上明明不像是會站在輕型汽車旁的人，渡邊謙感覺上明明不像是會在乎油耗表現的人，但是只要渡邊謙站在輕型汽車旁，告訴大家「油耗表現佳」，被渡邊謙吸引目光的觀眾，就會忘記渡邊謙與輕型汽車毫無關聯這件事，記得「油耗表現有多好」。最後，就會出現對車商說「我要渡邊謙的那輛車」，來買車的顧客。這

8. 輕型汽車：日文原文「輕自動車」，日本車輛分類中的最小規格，意指排氣量六六〇ＣＣ以下的四輪或三輪車。

個段落到目前為止已經寫了七次「渡邊謙」，大家有沒有理解到這段已經成為了吸睛的文章。

因此，雖然簽約費、演出費等成本所費不貲，這種「與商品毫無關聯的名人」仍會頻繁在廣告中露臉。

此外，像是播放受歡迎的音樂家的樂曲、罕見的畫面呈現、美麗的風景、讓人覺得可愛的動物與孩童等，也會被視為吸引人的戰術而獲得採用。像我每次想不出什麼有效點子時，上司總會要求「先去拍狗」、「先把嬰兒秀出來再說」。

請站在書店商務書籍區的前面看看，有些書籍的封面，不知道為什麼用的是與內容毫不相干的小狗或嬰兒的照片。換句話說，也就是這麼一回事。我本來也考慮這本書的封面整版都用自己的美照，不過那樣恐怕也沒意義。因為，我只是一個「與商品有所關聯的無名人士」。

就算劈頭就說想說的事，也很容易被視若無睹。廣告就算是勉為其難，也必須先吸引人們目光，然後傳達出商品訊息。

只要說出人們在乎的事情，就會很有效率

引人注目後，再趁隙訴求廣告主想傳達出的訊息，這就是廣告的基本；不過，這部分又有難題，那就是好不容易吸引到人了，「就算說了想說的事情，對方卻馬耳東風」。

就算是前述的「油耗表現佳」的輕型汽車，就算提出的是事實，那也只是製造商想說的，觀眾很難想成是「自己的問題」。這世界本來就是：「突然告訴我那種事情，我也不在乎啊！」所以，如果能以看電視的人平常在乎的事為前提來做訴求，認真聽的可能性就會提高。

換句話說，如果是前文舉例的油耗表現佳的輕型汽車，購買者的好處說到底就是「能省錢」，所以思考他們生活中在乎的金錢話題是什麼，藉此傳達訊息就行。「油耗表現佳」→「省錢」，像這樣將事實置換成具體利益。

另外也能考慮像是「能夠遠行」、「能去海外旅遊」、「年輕人也能養車」、「年金世代也能擁有」、「可以買新衣服」、「能為每天餐點多加一道菜」、「對成本花費有利，看起來還像是個對地球有所貢獻的人物」等，諸如此類的各種訴求途徑。

能省錢、別人眼裡看來很酷、變得受異性歡迎、家事負擔減少、家庭變得圓滿……想獲得這些結果，是因為這一切都是人類的欲望。成功打動人心的廣告，很多都是激發了與人類欲望相關的「在乎的事情」。

優秀的廣告，並非發明而是新發現

廣告中的文案創意，也會被解讀為「新語言的發明」。只是，發明出還沒在世上流通的語言並發表，箇中意涵就能隨之順利通達嗎？

例如接到蘋果的廣告委託，就算寫出像「這個蘋果　逕倥¥縺ヲ縺ィ縺縺ヲ紜ゅ♀縺:~@縺」這樣非常嶄新的文案，又有誰看得懂呢？其實這只是搞錯了UTF8（字符編碼）的文字，以Shift_JIS顯示的亂碼，原本的文句寫的是「這個蘋果　好甜好好吃」。

廣告必須盡可能有效率地傳達出商品賣點、企業想要傳達的點，才有其價值。既然如此，應該傳達的事情，藉由彼此共享的熟悉語言去傳達，效率才會好。其中，只要一點點就好，有從其他角度出發的觀點會比較好。

換句話說，所謂好的廣告文案，就會是「以簡潔易懂的語句書寫，還具備一些新發現」。

以下，舉一個著名例子。

想像力與數百圓　新潮文庫

之前有過這樣的廣告文案，這是出自糸井重里先生之手，名留日本廣告史的著名文案。文案完全沒有使用艱澀語句，以任誰都能理解的簡短語句，呈現對於「文庫本[9]」所擁有的本質的新發現。

在摸索出「新發現」之前，廣告文案撰寫者對於條件已知的商品、廣告主的企業的「調查」或「覺察」，都會在過程中益形重要。

對小學生有效的廣告，也對總務課長有效

前文說過，廣告訊息不是發明而是新發現，然而光憑感覺來傳達一些艱澀難懂的道理的新觀點，這種發現不能算是廣告。

任何人都曾有過不由自主地唱出縈繞耳邊的洗腦廣告歌的經驗吧。讓你在不懂意義的情況下反覆傾聽，然後就像小學生一樣時不時就會出聲哼唱的廣告歌曲。

對孩子有效的訊息，也會對成年人腦袋裡孩子氣的部分產生影響。不論從任何角度來看，中年的男性總務課長內心深處，同樣住著小學時的自己。歸

根究柢，假設所有人都是孩子也是可以的。

廣告歌曲是這樣，還有與商品名或商品特徵以諧音掛勾，乍見幼稚的諧音玩笑也是。總而言之，反正希望觀眾記住商品名或企業名時，那些毫無道理可言、以童心發想的點子就是能發揮作用。

就廣告而言，與商品無關的也能成立

我在藝人廣告那部分也曾說過，如果說吸引觀眾目光，傳達訊息是廣告的型態之一，那麼從「與訴求的商品無特別關聯的娛樂」進行發想，去吸引觀眾，這也是另一種方法。

暫時擺脫「針對受委託宣傳商品的相關特長或優點，徹底思考後進行訴

9. 文庫本：日本尺寸為A6的小型平裝書籍，方便讀者攜帶，價格也較精裝本低廉。

求」的做法，做出「與商品不太有關係，製作者本身覺得有意思」的廣告。這也是一種做法。

這也可說是一種跳躍創意的方法，例如近年來通訊業者「au」以桃太郎、浦島太郎、金太郎等為主角，展開的電視廣告，讓人記憶猶新。

這些爆紅的電視廣告，發想卻不是逐一思考傳達出「au」通訊費用方案或服務的手法。而是企畫者自己構築出感覺「有意思」的世界，以娛樂的形式來讓它成立，在那樣的世界觀中持續呈現各種方案的訴求，結果大獲成功。

這種思維模式是，首先自己都不覺得有意思了，其他人也不會覺得有意思吧。

真心去愛商品與企業

廣告公司的工作，不管怎麼說就是代理業。雖說是代理，對於製作者而言不斷思考「必須某種程度真心去喜歡那些成為課題的商品或企業」這件事，是很困難的。

傾聽研發商品、販售商品的委託客戶，對工作懷抱什麼樣的心情，首先喜歡上該商品或企業。藉由調查商品或企業，深入瞭解後，愛上該對象。最重要的莫過於，希望能成為委託自己、付出報酬的客戶的助力。這些是專業代理人必須要有的基本資質。

像我還是新人時，前輩甚至教導說，廣告製作代理人應有的心理準備是「僅限當場的真心誠意，短暫卻真心的愛戀」。

而且不能忘記的是，賣方的委託客戶、代理人的自己，還有受眾的觀眾全都是共享利益的夥伴。少了真愛，想與委託客戶一同克服溝通上的課題，打動廣告觀眾的心，我想會是件難事吧。

廣告的基本思維

我到目前為止闡述了廣告策劃方，也就是創意人的發想法；相反地，我也曾受廣告主請託，希望開課講解「廣告製作是怎麼一回事」。讓我來說明這種情況會提及的內容，這部分也是我任職「電通」時期，中治信博創意總監教了我好幾次的東西。

廣告類似聯誼時的自我介紹

所謂的廣告，就是甘冒風險，嘗試對他人介紹自己。要是沉默不語，什麼都不會發生。既然都刻意開口了，就必須針對「能不能讓對方記住自己」、「讓對方充分瞭解自己」、「對自己懷抱好感」、「與自己構築深厚關係」深思熟慮後，再採取行動。

只要想想聯誼的自我介紹就能充分瞭解。雖然想呈現自己最好的那一面，自吹自擂卻是最糟糕的。話雖如此，什麼都不說就等於人不在現場。自己的長處是逗別人笑呢？還是真誠呢？又或是美女呢？這部分要是不深思熟慮，失敗的可能性就會提高。

我們這些廣告製作人，首先會好好傾聽你這個人的話，瞭解優點後，不會這個也想說，那個也想說，而是鎖定重點，然後思考出簡短的、感覺不錯的介紹方式。

廣告類似髮廊

任何人去了髮廊都會被問說：「今天想要怎麼剪？」「想變成什麼樣子呢？」沒有髮型設計師會一語不發就開始剪起頭髮。廣告製作人被委託工作的出發點，就很類似這種情況。顧客想變成什麼樣子呢？希望看起來是什麼樣子呢？首先會像這樣詢問，然後再根據目標發揮技術。

但是，就算被要求：「請把我變得像那個電視人氣女演員一樣！」希望剪出完全不適合當事人的髮型，對於顧客或髮型設計師而言都將是不幸。

廣告同樣也可能被要求「希望製作出那個企業在做的那個廣告」。要是那樣的呈現並不適合該商品或企業，讓廣告主打消念頭也是廣告製作人的重要工作。不管本人多愛那個髮型，旁人看來覺得好不好看又是另一回事。

廣告並非投資，而是投機

建造工廠時，會計算工廠運作後，預計將有多少收益。進原料時，會計畫原料加工後能獲得多少利潤。

只是，廣告並不是說花了預算就保證能賺得回來。從這個意義上來說，廣告有不小的部分其實近似「賭博」。

如果能靠宣傳做到成功溝通，就能大量生產單一商品，提升利潤，最後有助企業徵才，吸引優秀人才匯集。正因為賭中的CP值很高，所以這世上的廣告活動才會毫不停歇。

我們廣告製作人並非經營顧問，這並非保證賺錢的投資，我們只是與投資客戶一起挑戰投機的夥伴。

不負責任地思考，對於結果負起責任

有些公司會想靠本身力量來推銷商品或自家公司，但無論如何發想，終究會淪為「老王賣瓜」。

而我們廣告製作人雖說理解委託客戶的商品，也愛著該企業，歸根究柢也只是別人的公司罷了。但是正因為某種程度的無責任感，才能對於委託的商品或企業維持客觀思考。

事實上，瞭解廣告主自己「希望我們幫忙傳達出這樣的訊息」的「基本需求單」上，大概都只會寫類似「這個產品還有我們公司很優秀、很棒，這裡也好那裡也好，是最好的。消費者一定會想對這個掏錢的。」等等這樣的內容。

對此我們必須以旁觀者的眼光，捨棄那些以不負責任的態度割捨的部分，思考如何盡量讓第三者萌生好感、感覺謙虛，而且又是有意思的呈現。投入工作時的心情越是不負責任，就越能做到「創意跳躍」。

不過，廣告製作人像這樣不負責任地思考，最終卻必須對結果負起責任。成功時收取報酬，之後持續接到該企業委託，失敗再也沒人委託。不論最後變成何種立場，都是選擇廣告製作謀生的人，在人生中必須承擔的責任。

有能的科學家與無能的科學家，差別在於起初設定的假設不同

這是諾貝爾獎得主利根川博士[10]說過的一句話。在科學的世界中，對於應該思考的課題，首先要設定「假設」。說不定，這樣的思考並不正確？針對這樣的直覺反覆實驗，擁有相同結果的假設，才能成為科學事實。

同樣的話，也能套用於廣告。首先設立關於訴求點或文案的「假設」，而相當於實驗的部分，竟然就是廣告實際投放。要是一開始就出錯，不論做的是

什麼實驗都沒有意義。正因為如此，廣告製作人與廣告主在設定「假設」的時間點上，就必須擁有完全的共識。

順帶一提，我以前本來以為「利根川博士」，是有個人非常熟悉流經關東平原的利根川，而這是他的綽號。但我錯了！這就是假設錯誤的例子。

廣告文案的思維方法，能運用於所有文章

我是碰巧進入廣告公司任職，以廣告文案撰寫者、電視廣告策劃者的身分度過二十四個年頭；不過相關經驗，感覺上也能大幅運用於我如今選擇的下一個職業「以專業寫手的身分書寫文章」這方面。

廣告製作人並非發訊者。雖然也有人會稱自己製作的廣告為「作品」，

10.利根川：意指利根川進（一九三九～），為一九八七年諾貝爾生理醫學獎得主。

但是並非如此。廣告是接到委託才著手進行的「製作物」。廣告製作者的立場，是以不負責任的態度從事代理。因此「是以初次瞭解那件事並學習的立場思考」，換句話說，也產生「並非以書寫者，而是以閱讀者的立場去書寫」的強處。

以客觀態度接觸對象、調查對象獲得新發現、發掘能愛上對方的重點、鎖定想傳達的事情並彙整成短文，而且最重要的莫過於憑藉高達數千萬人的觀眾，切身感受到「自己不覺得有意思的東西，他人也不會覺得有意思」的事實。

廣告文案撰寫者所思考的、應該實行的，與專業寫手書寫隨筆非常相似。你如果成為被賦予課題，投入相關寫作的專業寫手時，請像是在製作該案件的廣告，嘗試用書寫廣告文案一樣的方式來思考。

懷抱這樣的意識，在你撰寫文章時絕對會有所助益吧。

第2章：致「設定好讀者」的你

寫給誰看？

就那麼想傳達出去嗎？

麥克．傑克森有首名曲叫做〈鏡中人〉（*Man In The Mirror*）：

「想改變世界？不，既然如此，首先不如改變鏡中這個男人，換言之，不改變自己的話，根本無法開始吧。」

那是一首這麼呼籲的歌。

本章將說明，「將訊息傳達給某人吧」這種氾濫於世的訊息，本身就是個錯誤。

你就算完全不會獲得任何人的稱讚，一早出門時，至少也會穿上自己中意的衣服吧。

文章也是，這樣就行了。

寫給誰看？——①

什麼目標群眾不用設定也行

無數關於寫作術的書，寫的都是「請明確界定閱讀的人是誰再寫」。

那所謂的「打動二十多歲女性的書寫方法」。要是真有知道這種東西的五十多歲男性，會更受到二十多歲女性的歡迎吧。

然後，知道怎麼受她們歡迎的男性，才不會一個人窩在漆黑房間裡寫文章呢？

這也就是所謂的「設定目標靶心吧」。說到「目標靶心」這個詞彙的沒品程度，還真不是蓋的。說到底，「目標靶心」是什麼東西啊？別把射擊與文章搞混了好不好！

也有像「ＩＧ吸睛美照」的「部落格吸睛文」之類指南。什麼都在那邊吸睛、吸睛的，實在很想說：「你西方的妖精嗎～你？」

也有「請像是只為某一人寫信那樣去書寫」的東西。這已經算是滿正經的了，不過請用 LINE 去寫。

歸根究柢，想對特定某人說的內容，所謂的「傳達出去」真有那麼重要嗎？我持續二十四個年頭，在廣告業界從事「文案撰寫」的工作。

那真的就是所謂「寫出能對三十多歲女性傳達這件衣服有多好的文章」、「想想什麼語句會讓國中生對這種零食感興趣」的對象論世界。

只不過，耗費龐大宣傳費的這些廣告，最終還是「被投放」在電視或報紙等，不特定多數看得到的地方，而不是「被傳達出去」。

有個由廣告業界人士組成的劇團「滿員劇場御禮座」，推出一部名為《會議》（作者：淀川芙蓉蟹）的戲劇。

故事內容是某啤酒公司的宣傳負責人，為一款感覺能針對特定目標顧客大賣的啤酒，思考出這樣的商品名──「女性冬天洗完澡的啤酒」。結果被上司大罵：「我說你啊，用『女性』限定了一半的顧客人數、用『冬天』限定在一年的四分之一的時間，然後又用『洗完澡』限定在一天的數十分鐘裡嗎？商品名就用『大家的啤酒』！」

書寫可以不用設定閱讀者。最先閱讀那篇文章的，毫無疑問的是自己。自己讀了不覺得有意思，寫了也等於白寫。

寫給誰看？——②

要是已經有人在寫了當讀者就好

所謂「自己讀了覺得有意思的文章」，就是「**自己創作出還沒有人讀過的文章**」。

例如，欣賞電影。「這部分好有意思」、「對這個場景有疑問」，會像這樣萌生各式各樣的想法吧！這就是前章所說的，「所謂『電影』的事象所激發出的心象」。

只不過，有種東西叫電影說明手冊。

《劇場新鮮報》、《電影秘寶》等雜誌，刊載了專業評論家的意見。還有收音機的電影解說，也有YouTube的電影介紹。此外，也能看到無數電影評價、電影部落格或推特的感想。

這些內容中，如果已經有人運用比自己更豐富的詞彙，寫出與自己感想相同的重點，又或者是自己感受到的疑問點，並已出現讓人茅塞頓開的縝密研究，如此一來也就沒有再書寫的必要了。

一旦寫出與他人相同的內容，放到網路世界去，回到你這裡的迴響將是「這跟某某人說的一樣耶」！

一旦企圖以模仿他人寫出的東西獲取稿費，找上你的不會是讚賞，而是警察。又或是著作權者的存證信函。

「我想說的內容，沒人寫過。那麼，只有自己來寫了。」

這就是「書寫出讀者想閱讀的內容」的出發點。

如前述，現代包括時事問題意見、對於事件或事故的研究、影視節目或書籍感想等，偏重事象的言論瞬間就會充斥於網路。就此意義而言，如今已經是個要寫出擁有本身獨創性文章，相當困難的時代。

只是，「事到如今，也沒必要去書寫那些『不寫也行』的事情了」的事實，就某種意義而言是很輕鬆的。

本身也沒有什麼對於事物格外新穎的看法或疑問，那麼如果當個閱讀者也無妨的話，那就當個閱讀者吧。

費盡千辛萬苦，將某處閱讀過的內容寫成文章也沒人會看，自己也不開心。

寫給誰看？——③

如果是想滿足獲得認同的欲望「書寫」很不划算

我不太懂「喜歡寫文章」的人。

因為那對於我而言，是全世界最討厭的事。

我最喜歡的是「吃咖哩飯」，之後依序排下去，大概要到第一千八百六十三名，「書寫」才會上榜。

一般說來，這世上還有像寫文章這麼麻煩的作業嗎？

去跑全馬還比較輕鬆吧。

東京馬拉松有那麼多參加者開開心心地跑完全程，但是如果參賽條件是「想跑的話，先寫一萬字」，幾乎所有人寫到大概四百字就會棄權了吧。

自發性想寫文章……這種念頭我一次都沒有過。

文案撰寫的工作也是因為我被分派到那種公司的那種部門，電影評論也是受人委託才接下的，所以現在撰寫的這本書，一樣是受到委託不得不寫的。

不過，成天想著「討厭啦、討厭啦」也於事無補。

既然答應要寫，只好心不甘情不願地開始寫。為了讓討厭的事情多少變得愉快一些，除了「自己寫、自己讀，心情能變得開心」之外，別無他法。

就在這樣的過程中，我也慢慢成為了自己的讀者。

這就像是自己在那邊自言自語、獨自竊笑，要說白癡真的很白癡，不過最瞭解自己的就是自己，這樣要比「設定不認識的讀者，讓他們開心」簡單多了。

我就像這樣，把自己一個人覺得有意思的東西，交給委託人。

常有人是「想藉由專業寫手的職業變得有名」，不過如果想滿足獲得認同的欲望，寫長文所付出的勞力根本就不划算。

如果是想獲得社會讚賞，像是在十秒內跑完一百公尺、在站前廣場唱歌、以成為 YouTuber 為目標、與朋友組成相聲團體等，像這樣更乾脆、迅速的捷徑要多少有多少。

深夜，在漆黑的房間中忍受腰痛用鍵盤打字，自己看著自己寫的東西竊笑，這就是「寫作者」的生活。

寫給誰看？——④

比起「寫了什麼」更重要的是「誰寫的」

好了，你忍受腰痛與睡意寫出一萬字的稿子，以自己讀來覺得有意思的方式，將自己有興趣的事象，內心懷抱的心象寫完了。

接下來，誰會看呢？

沒人會看。

沒有人會看的。

就算像我一樣有委託人，一開始就備妥刊載平台，還是沒人會看。

更不用說將文章發表在自己開設的網路空間，同樣沒人會看。

為什麼呢？

因為，你並不是宇多田光。

假設你對於「羅馬帝國一四八〇年的歷史」有興趣，細心調查資料，將那些「讓人感到格外興奮刺激」的心象，寫成點綴著自己讀來同樣覺得很有意思的淵博學識或插科打諢的文章，公布在網路上，也是區區十多人，最多數千人看過，就此石沉大海吧。

不過，如果是宇多田光寫了「好好吃的炸豬排定食八百四十圓」的文章，應該會有數百萬人爭相閱讀，各式各樣留言排山倒海而來，豬肉售價也會隨之水漲船高吧。

你的羅馬帝國一四八〇年，面對炸豬排定食八百四十圓是徹底慘敗。

文章指南書籍中常會出現「寫什麼很重要」的教誨，事實上不是這樣的。「誰寫的」，對於多數人而言才重要。

正因為如此，才應該捨棄「想要清楚界定目標讀者」、「想要被很多人閱讀」、「想成為有名的專業寫手」等誤解，察覺「首先，只要自己覺得寫出的文章有意思，就是種幸福」。

藉由徹底做到這一點，反而能創造獲得閱讀的機會。

我以前看過的高中棒球甲子園[11]大會相關報導的報紙上，曾出現這麼一句莫名其妙的標題「以無欲無求的精神，邁向優勝的○○高中」，但是我就是想用這樣的精神寫下去。

不過，如果有人覺得「首先想成為像宇多田光那種名人，然後再來寫散文拿去賣」，我並不反對。那是滿正確的想法。

11. 甲子園：位於兵庫縣，定期舉辦日本高中棒球選拔賽的著名球場，被當地學子視為懷抱憧憬的棒球聖地。

寫給誰看？——⑤

過別人的人生是不行的

雖然我說過沒人會看，但是文章只要放上網路就是會有幾個人來看。寫的東西如果獲得好評，數萬人、數十萬人閱讀的可能性也並不是沒有。

所以，與只能寫信給作者或出版社的時代不同，網路時代能立即創造出反應。

無論是感想、稱讚、批判或反駁，讀者都能以留言呈現。

其中，被稱為「屎回應」的留言也會蜂擁而來。

有人會寫說「這單純只是你的主觀吧」，也可能被直截了當地批說「無聊的蠢話」。

「**閱讀書寫出的文章感到開心的人，首先是自己**」，這是本書主旨。

是否滿足、是否開心，自己決定就好。

但是，評價則由他人決定。他人如何想，是無法操之在我的。

「無法原諒這傢伙的想法」，也有人跑來這麼說。

也有傢伙會特地來罵說「一點意思都沒有」。

這世上就是有那種正經八百，長得一副銀行行員臉的銀行行員。

但是，這些意見就算能做為參考，也不能逐一反駁。

「這人的玩笑慘遭滑鐵盧」，也有人會這麼批判。

但是，一般滑的都是雪。身體構造根本沒辦法滑的人類，也沒打算滑。

這種浪費往返滑雪場交通費的人，根本沒必要跟他一般見識。

難的是，迴響中不是只有「貶損」，還有「稱讚」這一點。

要是懷抱著希望稱讚自己的人「下次也能以再稱讚自己」的心情去寫，自己就會變得越來越無趣。

無論如何，當你成為評價的奴隸時，就會討厭起書寫。

過別人的人生，是不行的。

書寫的是自己，沒有人會代替自己寫，你過的是你自己的人生。

要過自己人生的方法之一，就是「書寫」。

寫作術專欄❷

履歷寫法

又寫出正經八百的內容來了

雖然感覺嘮哩嘮叨，但是在此重申，本書並非指南書也不是商務書籍。只是，也可能在不知不覺中就寫出了實用性的東西來。

我在任職廣告公司的二十四年之間，接受過高達數百名學子的公司訪問、就業活動諮詢。辭職後也獲得地方政府或各種團體邀請，擔任所謂的「就活（就業活動）研習會」的講師。就業活動中，首先重要的就是文件審核所需的履歷，也就是最近被稱為「就業申請書」（ES：Entry Sheet）的寫法。

所以，從這裡開始的專欄就像轉換口味的小菜一般的讀物，資訊量事實上等同於整本書。早知道，寫成另外一本書就好了。最後可以只割下這部分來使用就好。為免本書淪為 Amazon 上標價一圓的出售二手書，割下必須部分，剩下的拿去紙類回收是很重要的。

只要讀過這些內容，身為學生的你、考慮轉職的你，都能朝志願公司的內定更邁進一步。

「就活」是什麼

這部分的定義也很重要。「就活」不用說就是「就業活動」的簡稱，日本一般的使用意涵是「為獲得正式聘用的活動」。

所謂的「正式聘用」，意指「沒有限定期間的勞動契約」，也就是人稱的「終身聘用」。為獲得這個機會的「就活」，最典型的例子就是讀完教育機關（日本實際上是大學、短期大學）的人，站在相同起跑線上，互相競爭獲得正式聘用機會的「畢業生同時招募」。

這樣的慣例也有批評。社會樣貌已經逐漸改變，時至今日，「非正式聘用」也就是「派遣勞動」或「短期聘用契約」等也與日俱增，不過我在這裡並不會討論這個制度的好壞。

正因為是關乎終身聘用制的問題，「就活」時流於形式的「雇用申請書」的「自我介紹」，還有面試時的「應徵動機」才會這麼受到重視。我在這裡只想討論書寫方法與思考方法。

你要傳達的只有兩點

好了，不論任何就活，都要撰寫ES送出，讓對方審閱，再進一步接受面試，而在整段過程中，你這個人在做什麼呢？

什麼都沒做。

勉強說來，就只有「接受面試」而已。這如果是高中棒球選手，總覺得只要在人家面前打出全壘打，對於職棒球團而言，就已經算是做到就業活動了。

不過，你什麼都沒做。特別是無法表現優點的你，只能憑藉「ES」的文件，以及面試時的表達來爭取就業機會。這完全就是「光靠寫、光靠說」的世界。仔細想想，這是很驚人的一件事。

在這樣的就業活動中，你只會被問到兩件事。「你一路走來做過些什麼」以及「進我們公司感覺可以做什麼」，就只有這兩件事。這兩件事常被稱為「自我介紹」以及「應徵動機」，而這樣的用詞正是誤解的源頭。讓我來說明這一點。

所有的「應徵動機」都是謊言

我先來說說，「應徵動機」奇怪的點在哪裡。

常被舉例的應徵動機寫法是：

「感受到貴公司的成長性與發展性」。

這打從一開始就怪。

要是真感受到那樣的成長性或發展性，不用進公司，去買股票比較好。要是你在一九九七年買了十萬圓的 Amazon 股票，到了二〇一九年五月這個時間點，當時的十萬圓會變成多少，你知道嗎？大概一億圓（約台幣二千八百萬元）。

「特定企業的應徵動機需要有具體的根據，對企業的研究有多深入是很重要的。如果能徹底調查，一針見血指出問題點，就能傳達出本身的熱情。」——有些書會像這樣教。

但是——

「貴公司執行董事榊原先生，連續三期的業績都沒有提升，對吧？應該進行人事更動。還有常務董事笹木先生的女性關係很危險耶！請讓他退出董事會吧。」

像這樣在面試中一針見血指責的學生，會有哪家公司想要呢？調查過頭了吧。

「請說出你想在那間公司裡做什麼，請說出自己的夢想。」

也常有就業指南會這麼說，但是既然有那麼想做的事情，比起被誰聘用，還不如自己開公司。

從上述可以得知，所有應徵動機都是謊言。說起來，什麼「我想進三井物產」、「我想進東京海上」、「我想進 Sony」，那些公司，就連我也想進啊。大家到頭來，都只知道公司名稱罷了。就算是在那些公司工作的人，也不可能完全瞭解自己公司的一切。

結果反而要還沒進公司的人瞭解嗎？

應徵動機根本無所謂。

與其說謊，不如說「因為知道名字，所以就來應徵」。更好的是，聊聊自己。招聘負責人想聽的是這個。

不可以為自己貼標籤

必須說的不是應徵動機，而是關於自己。不過，接下來讓我來說說關於自我介紹的誤解。

典型就活的「自我介紹」，是「我是怎樣、怎樣的人」這種東西。

「我當過滑雪社團幹事，負責整合三十個人，所以擁有領導力。」

大家都傾向這麼說，只是這樣很怪。

判斷你有沒有領導力的是其他人，並不是你自己。

陳述自己一直以來做過些什麼很重要。但是，並不是說自顧自地幫自己貼上響噹噹頭銜的標籤，別人就會這樣解讀你。

要是這一套行得通，我可以用馬克筆在臉上寫著「大富翁」、「好人」、「擁有做為指導者的能耐」等來招搖過市嗎？

此外，也有人會像這樣「我在大學時期曾划著獨木舟橫渡亞馬遜，加入網球社團時在關東大賽勇奪優勝，加入輕音樂社時組樂團表演」，說自己那個也做過、這個也做過。

招聘的面試負責人活過了四、五十個年頭，會覺得區區二十一、二歲的學生不可能那麼厲害什麼都會做吧。

就算是真的，一口氣全說出來也記不住。

只要說出最想傳達的一件事情就好。

這才是正確的自我介紹。

就業申請書就是廣告標語

那麼，為了自我介紹的ES該怎麼寫呢？

一般的就活學生會如前所述，在ES上寫出像「透過經驗培養出領導力的我，感受到貴公司的發展性」之類的應徵動機與自我介紹，練習如何在面試時乾脆俐落地陳述吧。

無論何者，那都是最糟糕的。

因為，讓對方開口問才重要。

別人沒問自己就說，這是一種自我陶醉。能說出準確的一句話，對方就會主動問。

日常生活也是，要是聽人家拖泥帶水地說「今天啊，我早上起來的時候啊，牙膏沒辦法很順利擠到牙刷上，覺得好火大喔」，會覺得很煩。

不過，只要一走進房就大叫一句：「好火大喔～」讓對方問一句：「怎麼了？」接下來就是自己的主場了。

既然是人家主動開口問的，你就有堂堂正正闡述牙膏故事的權利。

來公布我的ES吧

請大家先看看下一頁。大家或許很難置信，不過這與我一九九三年度為了就業，寄給所有企業的ES內容幾乎相同。唯一的差異點，只是大頭照換成現在窮途潦倒的模樣。

株式會社○○　應屆畢業生入社就業申請書

ふりがな　たなか　ひろのぶ		
氏名　**田中　泰延**		
昭和 44 年 10 月 23 日生（滿 23 歲）	男	
最終学歴		
早稲田大学 第二文学部		

1. 自我宣傳

卡車司機

2. 應徵動機

因為感覺貴公司好像會需要我

3. 優點、缺點

博覽強記，剛健質樸

4. 學生時期努力投入的活動，據此培養出什麼能在進入公司後運用
關於噸卡車的事情，任何事都能問我

5. 至今遭遇過最艱辛的事情，因應方法為何
普通汽車駕駛執照的臨時駕照考試， 考了三次都考不到，結果之後當上卡車司機

6. 對於十年後的願景
大概是在社會中被分配到適當的位置上， 對某人有所助益，並收取報酬吧

7. 尊敬的人及其理由
父親。因為結婚過六次

8. 你的座右銘（一句標語也可）及其理由
我是手帕主義者

每次只要秀出這個，不瞭解當時情況的世代就會說：「這是泡沫經濟時代[12]賣方市場的就業情況吧」，才沒有這回事。一九九三年度已經完全邁入所謂的「就業冰河期」時期了。

現在一看，就是「自己的個人海報」。上面寫的全都是廣告標語。

我以前就認為，讓對方開口問很重要。要是被問到「你在學生時期都做過什麼事」，我只有一句話：「就像這裡寫的，卡車司機。今天是請假過來的。」結果，面試官就會覺得「那是怎麼一回事啊」，就這樣上鉤。

接下來再好好說明。問的人是對方，所以不用焦急。「我大學念的是夜間部，所以白天的職業是卡車司機。那麼呢，駕駛滿載貨物的卡車啊，用腳踩的煞車是沒那麼容易停下來的。這時候，排氣煞車就派上用場啦！那種煞車的結構呢……」像這樣開心地說明。

12. 泡沫經濟時代：一九八〇年代後半到一九九〇年代初，在大量投機活動支撐下股票、不動產等資產價格高漲，國內消費需求激增，經濟急速成長的時期。

結果，面試負責人就會說出：「喔~原來如此。駕駛卡車還真有意思呀！我也想試試看呢。」之類的話來。接下來才會猛然回神。「怎麼會是我去坐卡車呢？是你要來我們公司上班吧。」這麼一來，錄取內定就到手啦。

關於我寫的應徵動機「貴公司需要我」，看來像在開玩笑，這卻完全不是玩笑話。公布「招募要點」的是那家企業，我是看到那些要點來應徵的，所以這話一點錯都沒有。

一九九二年，我去參加了「電通」的就業說明會。二百人被引導進入同一個會場，然後公司對我們說「人在這裡的各位，日後成為敝公司夥伴的機率只有一個人，又或是零」，齊聚的學生哄堂大笑。那個說明會舉辦了一百次，應徵者二萬人，聘用二百人。要是用普通的方式去做普通的事，根本不可能讓人多看一眼。用普通的方式去寫普通的事，根本不可能勝過東京大學法學系的學生。

先利用ES引發興趣，暗示「我會詳細說明，叫我去面試吧」。這就是我採取的戰術。假設，你曾有過在廟會攤販打工，狂銷出破紀錄的蘋果糖葫蘆的回憶。那就別在ＥＳ上長篇大論地寫個沒完，要寫「我以前都被稱為『蘋果糖葫蘆的古田』」。

然後對方果不其然地想深入談這個話題時，只要好整以暇地說出當初怎麼做到那種銷售量就好。面試負責人在學生回去後，會去討論有印象的人。

「不是有個蘋果糖葫蘆的人嗎？這個，古田。」

「啊，蘋果糖葫蘆的古田。不錯耶，留下吧。」

這個人就會像這樣，挺進下一個面試。

金邊的喬理論

就像這樣，面試時突然被深入詢問時，就必須好好說明。這部分有一點很重要，我稱之為「金邊的喬理論」。

例如，假設你在ＥＳ上以廣告標語形式寫下「我是亞洲貧困問題的專家」。如果如你所料地被問到這個問題時，你會怎麼回答？

「是的。我之前以交換留學生的身分前往柬埔寨，研究當地的土地和貧困問題，綜合性地學習了國際性的援助方法。」好不容易誘導對方主動開口提問了，但這個答案卻是零分。

為什麼呢？那是因為，其中的具體性是零。關鍵字「交換留學生」、「國際性」、「綜合性」全都不必要。

好不容易被人開口問到了，不回答出能勾勒出情境的內容，是絕對不會被記住的。

「那是二〇一七年四月四日的事。當晚豪雨成災，雷聲大作，金邊的街上大規模停電。我所在的餐廳同樣一片漆黑，就那樣在黑暗中度過一晚。那時候，餐廳老闆喬一邊為了停電道歉，還這麼說。這個國家還是需要各種援助。我聽了之後才有了一番思考。」要像這樣說明。

用彷彿歷歷在目的方式述說，就能讓對方進一步詢問：「這樣啊，那麼你在金邊覺察到的，具體而言是？」

這就是「金邊的喬理論」。我傳授過高達數百位就活學生這個理論。只是，我同事負責招聘面試時，跑來跟我說：「田中，今年的面試就有兩個學生在金邊停電時遇到一個叫做喬的人。那，不是你教的嗎？」然後爆笑不已。

其實那什麼金邊或喬都是我編出來的。

就業活動不是考試

對於我採取的戰術，也有學生說「過於大膽，我實在學不來」。既然如此，也沒辦法。另外也有好幾個人開心地回來報告「運用那樣的作戰，獲得貴公司內定了」，成為同家公司的夥伴。

我自己本身在一九九三年，對十家公司寄出完全一樣的ＥＳ，說出完全一樣的內容，獲得業種不同的四家公司內定。

我在這裡能說一件事，那就是就業活動不是學校或證照考試。證據在於，不需要支付考試費用。每一年在尋求人才的是企業，就活並非鑑別考取或落榜的場域，單純只是媒合企業業務與人才能力的場域罷了。

身為大學生的就活學生，就算無法與某一企業媒合成功，也不會失去什麼。畢竟，日本有大概一百七十萬家法人企業。日本國憲法第二十二條第一項就明訂了職業選擇的自由。在人生中要選擇什麼職業，不是他人而是自己。

瞭解自己擅長與不擅長的，社會就會幫你分配工作

不過，雖說選擇職業的人是自己，要是選到不適合的職業就會變得不幸。例如，我如果想成為棒球選手，那就錯了。要是以此為目標，人生會很辛苦吧。在辦公室工作中，著眼於廣告業界是正確的。

很多學生會說「想進廣告業」，我會告訴他們：「想進去跟適不適合是兩回事，首先請考慮這一點。」

我的想法是，只要能最低限度地洞悉自己擅長與不擅長的事，其他的東西就會自動水到渠成。我也是選擇了感覺適合的領域，經過入社面試，進入公司後由人事負責人判斷適性，投入廣告文案撰寫者的工作。

我之前也沒想過「希望成為廣告文案撰寫者」，企圖牟利的企業或社會整體功能結構，就是能為人適切分配工作。

人總會被引導到自己該待的地方去。否則，社會不會有這麼多樣化的職業，而大家也不會心悅誠服地投入各自的職業。

所以希望就活學生先要瞭解，只要為自己訂出最低限度的適合方向，其他的就無須擔心，任憑社會的工作分配功能來發揮作用也行。

據說，勞動有三個意義

經濟性：獲得收入、支撐生計

社會性：承擔任務，對社會有所貢獻

個人性：滿足個人的人生目標或生活意義

這三個部分要是無法取得平衡，就會考慮再次轉職。一旦成為社會人士，直到退休領取年金之前，都是日復一日的勞動日。希望大家謹慎選擇不會留下遺憾的職種或投入工作的公司。

ES的寫法能運用於所有文章

專欄開頭曾說過，就業活動中只會被問到兩件事「你一路走來做過些什麼」以及「進我們公司感覺可以做什麼」。就活對於學生而言，是個重新思考「自己一路走來做過些什麼」以及「自己今後感覺可以做些什麼」的好機會。希望大家將此視為一個好機會，好好嘗試看看。

而且由自我介紹與應徵動機組成的就業申請書，還有在面試的談話，其

實意外地與你書寫的「隨筆」是一樣的。

其中包含至今人生中所接觸過的「事象」。據此激盪出的「心象」，決定你目前立足的位置，應該也決定了將來的理想或願望。

根據這樣的順序去書寫、去闡述就好。而且傳達時，要挑選出最重要的部分，讓閱讀對象能在內心勾勒出情景。為此，並不需要像特定企業之類的「目標對象」。請別為了對方，首先為了瞭解自己而寫。

這徹頭徹尾，都與書寫隨筆一模一樣。懷抱這種意識書寫ES的經驗，絕對會在你書寫文章時，派上用場吧。

第3章：致「本身是無趣之人」的你

怎麼寫？

說要以專業寫手為志向的年輕人，常會這麼問。

「田中先生。」「什麼事？」

「要怎樣才能寫文章呢？」

「簡單。先去買支自動鉛筆來。」「是。」

「然後在凌晨二點的時候……」「二點的時候……」

「用那支自動鉛筆刺大腿。」

本書一貫主張「只要寫出自己覺得有意思的內容就行」。

不過，只要自己覺得有意思，別人就一定會覺得有意思嗎？

那是不可能的。

本章除了「愛睏時可以用自動鉛筆刺大腿」之外，

將闡述撰寫文章的其他具體方法。

怎麼寫？——①

所謂的無趣之人就是「述說自己內在的人」

一大早，在職場碰面，劈頭就說什麼：「好冷、好冷。今天穿著破洞的襪子，所以好冷。但是這個月，沒有買襪子的預算耶！」

有人是這樣的吧。

「關我屁事啊。」除此之外沒什麼好說的了。

你或許覺得冷，但我覺得熱。我不想思考你襪子的破洞，你沒錢也不是我的責任。

還有人是一起去吃個午餐或什麼的，突然就不開心地坦承說：「我，真的有夠討厭花椰菜的。」

不吃不就得了。沒有人會撬開你的嘴巴，把花椰菜塞進去啊。

如果要盡量婉轉呈現這些人的共通特徵，就會是「**無趣之人**」。

無趣之人是什麼樣的人？就是陳述自己內在的人。

而多少都能讓人感覺有趣的人，是因為陳述那個人外在的東西。

逢人就說「好冷、好冷」的男人也是，如果是在聽者能共鳴的範圍之內還好，囉哩叭嗦地強調，就會讓人覺得「你冷又跟我沒關係」。

討厭花椰菜的女人也是，由於成長環境不同，或許喜歡的是芹菜，但是基本上根本無所謂。

這些人都覺得對方會接受自己的內在，就這一點而言幼兒性很強烈。

文章中也常常發生像這種逢人就說「我是無趣之人」的情況。

要是多少想與對方溝通的話，前者如果說：

「今天這麼冷是因為聖嬰的反作用啊。」

「什麼？聖嬴？你剛剛說什麼？」

就能像這樣激發對方興趣。

後者如果說：

「花椰菜這種討厭的味道，是因為主成分是異硫氰酸酯呢。」

「異硫……可以再說一次嗎？」

就會有人像這樣參與對話。

我說過，所謂的「隨筆」說到底就是描述心象的著述形式。

但是為此，必須提示事象，激發對方的興趣。

所謂的「事象」，永遠都是人外部的東西，為了闡述心象，事象的強度是不可或缺的。接下來就針對這方面說明吧。

怎麼寫？——②

寫作時「調查」占99%、「想法」占1%以下

寫出接觸事象後所產生的心象。

本書已經數度重申，這就是所謂的隨筆。

例如繪畫、音樂、文學、電影……

這些都是書寫隨筆時接觸的部分「事象」。

但是在日本教育現場中，卻盛行最沒用的方法。

那就是欣賞什麼之後，「好！把感受到的寫出來吧」這一套。

聽老師這麼說，寫出「很有意思」的感想，而這就是小學生的作文。

實在太多人相信讓孩子去接觸人創造出來的東西，寫出內心湧現的情感，就是「豐富的情操教育」。

那什麼「湧現的情感」，單純只是「內在」的抒發，與前項所說的「好冷、好冷」、「真的有夠討厭花椰菜的」一模一樣。

想寫隨筆，這樣是無法成形的。
那是因為就前述的例子而言，人創造出來的東西全都已經「擁有脈絡」了。

有原型、有範本。
有模仿、有引用。
有比喻、有下意識。

那些是構成作品的脈絡＝事實（fact）。
例如，故事的結構全是類型。
古代神話、聖經、史實、莎士比亞的劇作等，故事的基本結構也可說已經全被用盡。

如今的表現手法就是從上述擇一，一邊自問對於二十一世紀而言是否必要，同時添加新的東西進去。

電影絕對有其範本。

有對過去名作的致敬，也有對特定導演的尊敬。

也有作品交織其他藝術作品、時事問題、歷史事實。

確實調查、明確指示作品與那些成為範本的內容如何相互關聯，如何發展下去，閱讀者也會覺得「喔～原來如此」。

「書寫」的行為中，最重要的是事實。

專業寫手的工作，首先從「調查」展開。

然後捨棄調查到的90%，在書寫剩下的那10%時，其中的10%才終於是寫「筆者這麼想」。

換言之，專業寫手的想法之類的，占整體10％以下就好。

為了傳達出這１％以下的東西，需要其餘99％以上的東西。

所以才會說「寫作時，調查占99％、想法占１％以下」。

例如，電視節目中可以做為參考的是《NHK Special》。

這個節目提出了徹底調查的事實，還有至今尚未釐清的新事實，並沒有說出任何製作方的主義或主張。

藉由列舉事實，觀賞節目的人就能成為思考主體。

只要列舉調查到的東西，閱讀者就能成為主角。

連調查都不調查，認為「所謂的文章，就是自我表現的場域」的人，是無法在所謂「專業寫手」的領域中工作的。

現在還不遲。

那種「想要傳達出本身想法！」的人，麻煩去天橋上賣詩集。

怎麼寫？——③

查詢第一手資料

所謂的「調查」是怎麼一回事？

該怎麼做才好呢？

我以前擔任專業寫手研習會的講師時，對學生出了這樣的課題「請針對明智光秀，至少書寫四千字」。

有大半學生都嘗試以Google檢索、查看Wikipedia（維基百科）、看YouTube。然後在這邊，一切戛然而止。

就算是打算深入調查的人，也是在Amazon買了幾本像《徹底瞭解！明智光秀》等雜誌書（Mook），又或《解開明智光秀之謎》的新書，就開始寫了。

這樣根本不算是所謂的調查，根本還不到所謂調查的階段。

將網路資訊視為口耳相傳的文字化，是不會錯的。

雜誌書或新書之類，即便透過專家監修，都是些強化「坊間流傳的明智光秀逸話」的東西，幾乎沒有刊載新資訊。如果有新發現，就會變成新聞報導。

那麼，該怎麼辦才好呢？

不查詢第一手資料，一切免談。

「這就是那個故事的出處，是一切源頭」的資料，出乎意料之外地很容易就能發現。

而且，查詢第一手資料常感受到的是，「大部分故事從出處開始就怪怪的了」。

我之所以會對學生出關於明智光秀的課題，是因為不久之前，受滋賀縣委託撰寫關於「石田三成」的專欄。

秒速大賺一億圓的武將　石田三成

～立刻搞懂石田三成的生涯～

mitsunari.biwako-visitors.jp/column

那是接獲委託到交稿間隔兩週的工作。

在那期間，如前述很容易查到的、用Amazon拿得到的，大概兩天就做完，剩下的時間打算完全用來查詢第一手資料，於是開始跑國立國會圖書館。

這篇報導的結尾，刊登以下的參考文獻一覽。

參考文獻

・《**大日本古文書・・各家分類　十一之二**》

（東京帝國大學文學部史料編纂所編，一九二七年版）

- 《常山紀談》湯淺常山（百華書房，一九〇八年版）
- 《萩藩閥閱錄》（山口縣文書館編，一九八六年版）
- 《日本戰史：關原役》參謀本部編（元真社，一八九三年版）
- 《武功雜記》松浦鎮信（一九〇三年版）
- 《武將感狀記》熊澤淡庵（三教書院，一九三五年版）
- 《明良洪範》真田增譽（國書刊行會，一九一二年版）
- 《邦文日本外史》賴山陽（真之友社，一九三七年版）
- 《武功夜話》吉田蒼生雄譯注（新人物往來社，一九八七年版）
- 《近世日本國民史》德富蘇峰（講談社學術文庫，一九八一年版）
- 《武將列傳：戰國終末篇》海音寺潮五郎（文藝春秋新社，一九六三年）
- 《關原》司馬遼太郎（新潮社，一九六六年）
- 《石田三成》童門冬二（學陽書房，二〇〇七年）
- 《悲劇的智將：石田三成》（寶島社，二〇〇九年）
- 《戰國武將系列：謀反！石田三成》（GPMUSEUMSOFT，二〇一一年）

・《新裝版：三成傳說》ONLINE三成會編（SUNRISE出版，二〇一二年）

・《為義而活的另一位武將：石田三成》三池純正（宮帶出版社，二〇一四年）

・《關原合戰的真實：遭受渲染的劃分天下之戰》白峰旬（宮帶出版社，二〇一五年）

・《戰國人物傳：石田三成》杉田徹等（POPLAR社，二〇一〇年）

調查了這麼多，感想就是：

「就算是第一手資料，意外地也寫了些真偽不明的東西」、「沒有熱騰騰的新發現」。

但是有了調查到盡頭的事實，才總算建構出自己讀來也覺得有意思的文章基礎。

大家只要閱讀過就會瞭解，「滋賀縣」的公家機關網站上洋洋灑灑刊載了我自己想埋頭閱讀的一萬數千字。

不論從哪部分讀起，都是很愚蠢的專欄。

不過，這個專欄獲得了遠遠超乎當初預期的造訪次數。

後來還獲得二〇一八年度「東京廣告文案撰寫者俱樂部」審查會票選。

一萬數千字獲全文刊登於年鑑。

這大概是日本廣告文案史上最長的「文案」了吧。

我認為，獲得好評的背景，存在這樣的理由：

「就算寫的是自己喜歡的東西，

這位撰寫者根據的是第一手資料。」

日文中意為語言詞句的「言葉」，如同文字所示就是「葉」。

為了讓任意書寫自己喜好的葉子繁茂生長，必須往下扎「根」才行。

而那個根，就是第一手資料。

怎麼寫？——④

在哪裡調查呢？

我之前寫過，用 Google 檢索、上 Wiki 查詢，購買新書或雜誌書，都不算是調查。

那麼，又該如何調查呢？接下來將說明具體方法。
這是本書唯一有用的部分。
最後把這部分割下來，就不會形成累贅，很好。
為免本書淪為 Amazon 上標價一圓的出售二手書，割下必須部分，剩下的拿去紙類回收是很重要的。

該怎麼調查呢？
在此寫出秘傳中的秘傳吧！
那就是「**利用圖書館**」。
啊呀，就這麼公開寫出來了呢？

我已經說過，網路資訊有多麼隨便馬虎。

資料品質、數量、人為援助、費用負擔等的不足，不論是看哪一點，以現狀而言實在不是圖書館的對手。

公共圖書館

首先是都道府縣立、市立等公共圖書館，公共圖書館的優點，再怎麼說就是「就近可達」。

而且多數情況下——這點很重要——是「開架式」，書背封面能自由一覽無遺，拿在手上啪啦啪啦翻閱，拿到自己位子上一本一本堆疊，能借出的圖書也很多。

開架的好處在於，能逐一檢視好像與自己想知道的事情相關的書籍。出乎意料之外的發現，也是開架的魅力。

身為大阪府民，我常利用的公共圖書館有以下四個地方：

- **東京都立中央圖書館**（港區南麻布五―七―一三）
- **大阪府立中央圖書館**（東大阪市荒本北一―二―一）
- **大阪府立中之島圖書館**（大阪北區中之島一―二―一〇）
- **大阪市立中央圖書館**（大阪市西區北堀江四―三―二）

但是，開架式有個困擾，那就是看到不應該現在讀，但是感覺很有意思的書會忍不住看下去。

與圖書管理員商量

就算圖書館館藏很多，要是像無頭蒼蠅一樣從早到晚徘徊在書架之間，一天往往很快就過了。針對某一主題剛開始調查時，我們都是那個領域的外行人。這時候，就輪到「圖書管理員」登場了。

圖書館裡，會有根據圖書館法考取相關資格的專家工作。

我們找書時，與圖書管理員進行「資料諮詢」是最快的捷徑。這樣的諮詢稱為「參考諮詢服務」。

如果一開始就有鎖定的書籍，不需要諮詢，直接檢索藏書即可。否則就可以找圖書管理員，進行「基於何種目的，在找什麼資料」的諮詢。

相反地，圖書管理員也會考量我們的目的，然後詢問資料需要找到什麼程度。

像這種能針對「圖書的茫然搜尋」賦予清晰輪廓的對話，圖書管理員稱之為「**參考諮詢訪問**」，而相關本領取決於每位圖書管理員的能力。

他們會根據我們的打算，幫忙鎖定藏書，這裡沒有的書，也可能告訴我們在別的圖書館。

對於「調查」作業，沒有人會比圖書管理員更可靠了。

國公立大學圖書館

公共圖書館沒有收藏的專業資料方面，圖書管理員也可能介紹其他大學圖書館。

如果是國公立圖書館，很多大學即使是一般民眾也能閱覽。

例如，東京大學本鄉校區的東京大學附屬圖書館綜合圖書館，只要出示記載姓名、目前住所的身分證，就能進入。

只是，大學圖書館常常會區分開架與閉架兩部分，必須事先檢索確認那裡有沒有收藏目的的資料，並告知圖書名稱。

有時也會需要事先預約，請確認過後再去。

國立國會圖書館

國立國會圖書館是圖書館中的圖書館，圖書館的領袖。

這裡，根據在日本出版的所有出版品規定必須被寄存的「出版品寄存制度」，**不論任何出版品都有，理應如此。**

「理應如此」，會這麼寫是因為即便有「出版品寄存制度」，也不可能全部出版品都一定會有。

要是發行者沒有根據流程送來，沒有的東西就是沒有。

但是根據二〇一七年度的統計，這裡的圖書一千一百一十五萬本、雜誌與報紙一千八百零五萬份、圖書型態以外的微縮、地圖、樂譜、影像資料等約一千一百九十七份，擁有傲人的壓倒性數量館藏。

當然，這些不可能全都排列在書架上，基本上都是閉架式的。

影印，也是申請後請館方影印。

所以，基本上是已經「**調查**」**到必須「指定特定名稱」查資料的階段，又或為了提供各種第二手資料根據，想拿到第一手資料的證據影印時**，會利用國立國會圖書館。

只是，就算不頻繁造訪，國立國會圖書館的官網也是日本所有圖書館中最豐富的。

該網站分成「線上」、「搜尋」、「數位典藏」欄位，其中格外有用的是「數位典藏」，這部分有數量相當可觀的圖書已經全被數位化，能自由閱覽。

OCR（光學字元辨識：Optical Character Recognition）化也相當成熟，真的要去拿正本資料的影印之前，甚至還能做到指定頁面。

● **國立國會圖書館**（千代田區永田町一－一〇－一）

www.ndl.go.jp

此外，京都還有可稱為第二個國立國會圖書館的關西館。這裡的開架也很多，閱覽空間也設計得相當寬敞，是運用起來可以很得心應手的設施。

● **國立國會圖書館關西館**（京都府相樂郡精華町精華台八－一－三）

而且，與國立國會圖書館、國立公文書館等藏書數位資料庫相互連結的入口網站「Japan Search」目前正在充實內容中。

本書所謂的「網路調查沒有意義」，意指這種網站以外的個人部落格或媒體報導等。能夠當作佐證的資料，都請多加運用。

● Japan Search
jpsearch.go.jp

私立專門圖書館

最後也記錄一下雖然是私立，但在專門領域中一枝獨秀的圖書館。

例如，公益財團法人大宅壯一文庫，通稱「**大宅文庫**」是雜誌圖書館。大宅文庫是根據記者兼作家的大宅壯一死後，龐大的雜誌收藏為基礎，所成立的專門圖書館。

到目前二〇一九年四月為止，館內收藏有雜誌約一萬二千種八十萬冊、書籍約七萬冊。想瞭解近現代後，打算調查的時代社會狀況、想收集當時真實的媒體意見，像這種時候就能利用這裡。

只是，需要五百圓（約台幣一百四十元）入館費，得以利用的資料庫也需要收費。

這裡也是，在這片廣大的雜誌海中漫無目的地亂撈一通，是無法輕易找到必要資料的。

因此，請利用能以關鍵字檢索的Web OYA-bunko。

這能以關鍵字準確鎖定相關雜誌特集而大受歡迎的獨創索引，可說是大宅文庫的靈魂。

● **公益財團法人大宅壯一文庫**（東京都世田谷區八幡山三－一〇－二〇）

● **Web OYA-bunko**

www.oya-bunko.or.jp

以上說明了在圖書館調查是怎麼一回事，當然「調查」也有去找資訊持有者「會面」、「傾聽談話」等方法。

即使是這種情況，到了「確認真偽」的階段還是會需要圖書館，不過關於訪問的技術又足以寫成另一本書，有機會的話，出版續集「寫出自己想看的就好。episode V 帝國的逆襲」時，再對此詳細解說。

怎麼寫？——⑤

站在巨人的肩膀上

有個故事是「無人島的大發現」。

有艘船遭逢船難，五歲的孩子與父母還有其他乘客分散，抓著一塊木板，獨自一人漂到無人島。他在島上尋找食物，住在洞窟之中，孤獨存活了十五年。

在他二十歲的時候，奇蹟似地獲得航經船隻搭救。

那時候，他對人們這麼說：

「各位，請聽我說！我有個大發現。只要把貝殼排出來，放進去一個或拿掉一個，就能呈現不同東西的數量了！」

這就是著名的「無人島的大發現」的故事。應該說，是我剛剛才編出來的。這位少年如果沒有遭遇船難，能順利上小學的話，首週就會被教到加法與減法。

因為，那是人類長久累積下來的初步知識而已。

但是，那樣的知識如果完全歸零，就會發生這種悲劇。

網路上隨處可見的文章，事實上有很多都是這種的。

先人早八百年前早已徹底考察，該說的也全都說過了，結果卻只用自己腦袋思考，然後得意洋洋地想用本身結論使出決勝一擊……全都是像這樣的隨筆。

網路很多年輕的專業寫手，書寫戀愛中人們的樣貌、對此提出意見，博取網頁瀏覽次數。

例如要是想交往的話就這樣、想同居的話我覺得這樣、想結婚的話我覺得這樣，想分手的話我覺得這樣。

那些東西，夏目漱石[13]早在一百數十年前就幾乎都做過了。

漱石為當時還處於封建時代的日本，突然從海外引進個人主義或自由戀愛等概念，眾人一時之間不得不意識到「什麼是自我」、「什麼是戀愛」，此後就將明治（一八六八～一九一二）數十年間思考的內容，大量文字化。

舉凡如，描寫初入大學因初戀情感而困惑的《三四郎》，乃至於再也無法相信他人，撒謊測試他人行動的《從此以後》、《心》，雖然書中沒有直接的性愛描寫情節，卻能窺見至今仍未改變的愛情百態。

大正（一九一二～一九二六）、昭和（一九二六～一九八九）的日本文學者，由於漱石頓時變得過於偉大，只得勉強接續他的腳步持續進一步寫下去。

既然一百數十年前的漱石都寫出那些著作了，年輕的專業寫手或小說家要是不接續他的腳步進一步書寫，現在根本沒有再書寫的意義。

「站在巨人的肩膀上」，有句話是這麼說的。

這就不是我捏造的了，而是出自十二世紀的法國哲學家伯納德（Bernard of

13. 夏目漱石：一八六七～一九一六，日本小說家、評論家、英文學者，日本明治維新時期大文豪，被譽為日本的「國民大作家」。主要作品包括《我是貓》、《少爺》等。

Chartres）。意思是，人類在歷史中一點一滴的持續累積就像巨人，我們如果不站在那肩頭上瞭望事物，就無法期待進步。

要是從零開始站在地面上，就會淪為那位遭逢船難的少年。

「站在巨人的肩膀上」這句話，因艾薩克·牛頓（Isaac Newton）於一六七六年寫給羅伯特·虎克（Robert Hooke）的書信中引用伯納德的話，而聲名大噪。

「我如果能夠遙望彼方，那完全是因為我站在巨人肩膀上的緣故。」

牛頓與虎克的這段佳話，說的是科學家站在「巨人的肩膀上」，不過就算是音樂家，像巴哈、莫札特、貝多芬、布拉姆斯、馬勒，**全都是在引用過去的同時，一點一滴創新**。

他們都站在「巨人的肩膀上」，而對於後世而言，他們自己後來也名列那所謂的「巨人」之一。

例如，要是電影的話，關於「為什麼有意思」這方面，只要以站在巨人肩膀上的觀點遙望，評論就能慢慢成形。

「小津安二郎[14]七十年前就發明了這個手法，後人將該手法逐漸發展下去」、「這個攝影角度很類似黑澤明[15]，只是另外下了一番苦心」等，像這樣加以俯瞰。

前項所述在「圖書館」查詢「第一手資料」，完全就是為了「站在巨人的肩膀上」。

所謂「站在巨人的肩膀上」，說的就是這樣的態度：**「關於此前，已經沒有討論的餘地了呢。接下來要談的是以後。」**

14. 小津安二郎：一九〇三～一九六三，日本知名導演、編劇，其獨特的影像世界被稱為「小津調」，不但接連創作出多部傑作，也獲得國際高度評價。作品包括《東京物語》、《秋刀魚之味》等。

15. 黑澤明：一九一〇～一九九八，日本知名導演、編劇，足以代表戰後日本電影的其中一人，也是全球最有名的日本導演。作品包括《羅生門》、《七武士》等。

怎麼寫？——⑥

文章核心缺乏感動就沒有書寫的意義

看了電影、去了演唱會、吃了好吃的東西。

那樣的精采，首先想自己以文章呈現。

可以的話，也希望大家閱讀。

有這樣的衝動時還好。但是有什麼工作委託時，又或被賦予什麼課題時，就算是覺得乏味的電影又或覺得不好吃的料理，也必須寫。

對書寫對象沒有愛，硬著頭皮寫。這很痛苦。

只是，第一手資料中潛藏「愛上的契機」。要是被賦予了主題，調查過程中就必須要有尋找「愛的是哪裡」的作業。要是做不到，就會一直痛苦下去。

「愛上」對象的方法有二。

A：在查詢資料的過程中，找出「這裡可以愛上」的關鍵。

B：大致過目，從覺得「這裡好像能愛上」的關鍵資料深入挖掘。為了

強化本身論點，將好材料收集齊全。

例如，如果是電影，覺得「那一幕的意思是？」瞭解「是引用莎士比亞的台詞呢。這位導演很喜歡莎士比亞吧」、「這位編劇從小，就是聽聖經這一節長大的啊」等，就能逐漸萌生愛情。

電影是數百人、數千人，千百一心創作出來的。

就算遭受最糟糕評價的電影，也有可取之處。此外，就算對於電影本身到最後都無法覺得有意思，或許也能愛上相關某人的個性。

必須要以「**全力傳達出我所愛的部分**」的心情書寫才行。只要能發現愛上的關鍵，不論主題是電影還是牛奶還是巧克力都好，忠實傳達出來就是一篇報導。

要是無論如何都無法萌生愛意，最後的機會就只好書寫是哪裡乏味、哪裡不懂、哪裡沒意思了。

「**乏味**」、「**不懂**」**也是感動之一**，深入挖掘就看得到另一個世界，應該能讓文章發揮正確意義的「批判」功能。

就算是這種情況，也不能滿腔熱情全傾注於貶抑、輕蔑、揪錯。**書寫文章時，絕對不能喪失的是「敬意」**。

我到目前為止一再重複，接觸事象後所激發的心象就是隨筆。那事象永遠處於你的外部。要是無法對自己之外的「外部」的存在懷抱敬意，你也無法獲得來自於你的外部的敬意。

調查，就是去愛。**為了深入挖掘自己的感動、證明根據，讓感動扎根，使其生出枝幹，才去調查。**

愛與敬意。

這些如果存在文章的核心，你的書寫就有意義。

怎麼寫？——⑦

公開思考的過程

事到如今已經沒必要再說了，但是這本書就真的不是商務書籍。基本上，我這世上最討厭的就是那些成為商務書籍的東西了。「哈佛流史丹佛術」……完全莫名其妙，「為什麼出人頭地的人能當上司」……這廢話吧。因為本來就討厭這類書籍，書名也記不太清楚了，實際上應該也沒有這些書就是了。

商務書籍主要著眼於對什麼「有用」而出版。只是，「有用」是很恐怖的。可以試著在廚房放一塊非常有用的海綿，還有一顆毫無用處的石頭。三個月後，哪一個會變得破破爛爛的呢？**所謂的「有用」，是會招致甚至是自取滅亡的結果的。**

說到底，花個一千五百圓（約台幣四百元）買的商務書籍，能迅速讓你史丹佛化，又或眼見著逐漸哈佛化，那人生就不用這麼辛苦了。那些書裡，總會精準寫出些像是結論的東西吧。

作者大概都是某個領域的成功者，根據金錢方面的成功事例書寫，愛錢的人對於那種精準的結論，會覺得之後就會有錢到手而開心吧。但是別忘了，在那種情況下，買書閱讀的窮人不會有錢到手，而是書寫的富豪會有更多錢到手。這點怎麼可能忘記。因為，我自己也喜歡錢。

話雖如此，那些精準結論，正因為是商務書籍的作者在商務世界中歷經漫長的思考與實踐後才終於獲得，所以才具備說服力。**是過程支撐結論的重量**，這才是文章擁有的力量根源之一。

就算是為自己書寫的文章也一樣，雖說從頭到尾都是為自己而寫，不過就如同商務人士有錢到手的過程一般，不一步步邁上階梯，就無法提出最終獲得的結論的重量。

邂逅事象，或感動，或懷抱著萌生疑問等心象。從中設定假設，動身去調查，將證據一字排開，思考，獲得當下時間點的結論。

我只有受到某人委託才書寫。而且，絕對會後悔接下那份差事。不論是看電影、聽音樂，總會有實在是無法理解而哭叫的時候，這真是教人煩惱。然後直到截稿日前一晚，連一行都寫不出來。最後將錯就錯，寫出雖然不懂還是嘗試去查查看的感覺、哪個部分後來能去愛上等過程。

根據順序思考，根據順序記錄，這正是理解自我的路程，最後就能成就打動人心的文章。像這種**「思考過程能否引發對方共鳴」，正是書寫長文的意義所在**。

就算劈頭就提出精準結論，也無法引發任何共鳴。因為光寫「哈密瓜是復活節島」這麼一句，不管任何人都只會一頭霧水。但是將「吃哈密瓜」這個事象做為起點，**依序寫出「一起風，木桶店發大財」**[16]**的始末**，不論是書寫的

16. 日本古諺，說的是起風塵土飛揚讓人視力受損、盲人變多，造成三弦琴需求攀升（古時盲人主要以彈奏三弦琴維生）。由於三弦琴是以貓皮製成，貓咪數量因此減少，老鼠數量增加，啃咬家中木桶，人們就必須大量購買木桶。意指乍見毫不相干的事件實則環環相扣，最終造成意想不到的影響，類似現今所謂的「蝴蝶效應」。

你又或閱讀的人，最終都能抵達復活節島。

但是，這其中也有必須注意的地方。那就是「編輯」。

就算公開思考過程，也不是說拖泥帶水地什麼都寫出來就好。我在擔任文章講座的講師等情況，絕對會這麼問學員：「你昨天一天，做了什麼？」

「早上起床，去附近超商買麵包，然後去公司。晚上跟同事去了居酒屋。」幾乎所有人都會像這樣依序陳述。但是，他們在這之中已經做了一件重要的事。我聽完，會指出：「**那，就是所謂的『編輯』喔。**」

大家會回答：「早上起床，去了附近超商。」卻不會回答：「早上起床，上廁所、開水、把牙膏擠到牙刷上，然後刷牙、漱口，脫掉睡衣，選擇襪子……」

「那麼，去年的八月，做了什麼呢？」像這樣進一步追問後，就會得到這樣的回答：「那個……去了迪士尼樂園！」

是的，**只檢選出最能打動自己內心的部分，其他的全部捨棄的「編輯」**，是再自然不過的。

要是被人問起，會有「只想傳達這個」的事情。也就是在眾多資訊中，挑出「想傳達」的部分，將那些部分做為主題。為了最後能談到那個想傳達的部分，就要根據必要步驟，公開過程。那正是書寫長文的意義。

這與寫得順不順、好不好無關。只有在自己認為「恰如其分」時，他人讀來也能夠理解。

怎麼寫？——⑧

「起承轉合」就夠了

好了，「該怎麼寫」的本章也來到最後了。我在本章所陳述的內容，摘要起來是這樣的。

邂逅事象時，
針對事象相關確實調查，
如果懷抱著愛與敬意的心象，
連同過程，對自己書寫即可。

摘要起來只有四行。四行就能說完很好。我在寫作術講座等場合也是這樣，接下來就只說這四行，然後用二小時聊聊是惠比壽「Hiiragi」的鯛魚燒好吃，還是四谷「Wakaba」的鯛魚燒好吃，再來就解散打道回府。

但是，只不過，本想用鯛魚燒的話題結束課程，愉快打道回府的我，絕對會被這麼問。那就是「**鯛魚燒的話題就夠了。具體來說，該怎麼書寫才好呢？**」。

那個「夠了」是怎樣。我本來也想聊聊麻布十番「浪花屋總本店」的鯛魚燒，都已經忍住沒說了耶。什麼怎麼寫，**書寫形式用「起承轉合」就夠了**。常有書籍會說「書寫不能太老套」。也有書籍說，不用起承轉合也可以。要我說的話，那根本豈有此理。實在有太多人做不到起承轉合，不從這方面開始訓練，什麼都別談了。

例如，就算是只能寫一百四十字的推特，我也總是意識到起承轉合。因為這是很好的書寫訓練。我有一次，寫了這樣的推文：

我任職於廣告代理商時期，對於「台灣」與「中華民國」的標示問題時常感到很棘手，如果沒有處理好就很容易引發軒然大波。

不論是台灣、北愛爾蘭又或北方領土，都是地球儀上的雙重標準。

這真的很麻煩，但是該如何克服這樣的雙重標準，

就是二十一世紀的課題吧。

當時為什麼突然想寫感覺這麼不可一世的內容，現在已經毫無頭緒，只是這篇推文的構造是這樣的。

起：以實際經驗做為開場
承：具體而言發生了什麼
轉：前文意義為何？命題化
合：感想與建言，些許就好

換言之，所謂的起承轉合就是按照

①發現
②歸納
③演繹
④詠歎

這樣的和弦進程（chord progression）記述。刊登於整面報紙下方的專欄，大致都是這種類型。例如，像這樣：

①我的眼前有鯛魚燒，所有鯛魚燒的形狀都一樣。那是因為，所有鯛魚燒都是被放進同一個模子，一個接著一個烤出來的。

②那與國家將國民培育成相同的士兵，一個接著一個送往戰地的樣子，很類似，不是嗎？

③在日本與鄰近國家關係日益緊張的現今，像這樣將人塞進同一個模子，送出去的行為，通往一條危險的道路。

④啊～可以聽到由遠而近的軍靴聲響了。

希望有人告訴我，到底為什麼會有人每天看這種報紙？總之，最後以「可以聽到由遠而近的軍靴聲響了」總結，就完成一篇報紙專欄了。和弦進程如下：

①今天，看到A這樣的東西。
②從A的特徵思考，A的本質是X吧。
③如此一來，X也能套用在B之中，不僅如此，整體現代社會的本質都是X了。
④啊～可以聽到由遠而近的軍靴聲響了。

這太驚人了，過度喜歡軍靴聲響了吧！而且這個A，管它是「鯛魚燒」還是「YouTuber」，只要最後能變成軍靴，什麼都好。

總而言之，重要的是「接觸事象後，展開一番道理，敘述心象」的隨筆，除了起承轉合之外，沒有其他更能有效率運用的和弦進程。

我們嘗試以其他和弦進程「序↓破↓急」[17]，來看看。

序：我的眼前有鯛魚燒，那是麻布十番「浪花屋總本店」的鯛魚燒。當
我正想書寫關於這方面時，電話響了。

破：由於突然有事，就決定出門了。
人生總會發生這些意想不到的事情。今天，我學到了這一點。

急：啊～可以聽到由遠而近的軍靴聲響了。

這也實在太急了、急過頭了。我沒聽說過比這更急的事情了，而且破的
部分也一樣，這已經是「破綻」的破了吧。

此外，還有所謂「起↓結」這種驚人的類型。感覺像這樣：

起：我的眼前有鯛魚燒。說到底，所謂的「鯛魚燒」為什麼是鯛魚的形
狀呢？為什麼內餡是包顆粒紅豆餡或紅豆泥呢？為什麼有人是從頭
開始吃，有人是從尾巴開始吃呢？我對此思考了一陣子。

結……思考過後，還是不明白。

這世上就是有思考過後還是不明白的事情。

只是，軍靴的腳步聲是如此逼近自己啊。

這很驚人，太驚人了。我可沒在開玩笑，實際上以這種調調寫文章的人，是很多的。

希望閱讀本書的人，別陷入這種糟糕的文章中，培養基本的起承轉合書寫能力，不要滿腦子只想著軍靴，盡情闡述對於鯛魚燒的愛。

17. 日本源自雅樂的三段構成原理，普遍運用於能樂、茶道、香道等文藝活動之中，各段作用分別為導入、轉換與結尾。

寫作術專欄 ❸

讀了會對書寫有益的書

要曬自家書架很難為情，不過……

我想，沒有任何人是自己在書寫，卻沒看過任何一本書的。要是有的話，那樣也是很厲害的。

我受到生活在書堆中的父親影響，被教育成一個非常喜愛書店與圖書館的人。

那麼，我閱讀過哪些書，讓我印象深刻呢？

雖然要曬自家書架很難為情，不過之前曾有機會接受講談社雜誌《週刊現代》訪問，回答自己的愛書。

●讓前電通青年失業家暴走的「改變人生十本書」

gendai.ismedia.jp/articles/-/53274

後文或許會與這個訪問所回答的重複，不過這次，我想介紹幾本在寫文章時能帶來思考啟發的書籍。

為了寫文章，而去閱讀寫作術相關書籍是不行的

我從來沒有一次看書，是想要對什麼派上用場的。

今後應該也是如此。閱讀書籍，並不是為了什麼去做的，只是為了閱讀而閱讀。因此，我才會對書寫什麼商務或自我啟發書籍感到棘手。

話說回來，也沒閱讀過這種書。

坊間充斥的寫作術書籍，看來雖然像是實用書籍，卻無法讓你在看完以後文章突飛猛進。書信禮儀或報告寫法另當別論，**小說或隨筆的書寫技術這方面，並沒有加速培育這回事，需要耗費相當的時間。**

不過，如果是優秀的寫作術書籍，書籍本身往往就是有意思的讀物。不論如何，自己書寫的文章傾向、文體這些東西，當然會受到一直以來閱讀書籍的影響。

寫作術書籍常寫說：「只要抄寫喜歡書籍的喜歡文章，就能進步」，那麼辛苦的事情，我可一次都沒做過。

我進入廣告公司任職，被賦予「廣告文案撰寫者」職務時，前輩對我說「這是成為文案撰寫者的修行。在稿紙上，持續寫出『**あいうえお、かきくけこ**』這五十音吧」，然後留下厚厚一疊稿紙給我。

認真的我，以為這就像是**電影《小子難纏》**中主角按照恩師——宮城老人的吩咐「去幫車子打蠟」，持續做下去就會鍛鍊出肌肉一樣，心想「原來也有這種修行啊」，拚命努力投入。結果同事過來一看，就告訴我：「田中，你被吩咐的事情，是霸凌喔。」真是上了寶貴的一課。

我一直以來看的是這樣的書籍

那麼，接下來會非常簡單地列舉幾本不知道對於寫文章有沒有用，但是很有意思的書籍。希望大家再看一次這個專欄的標題，**並不是「對書寫有用的書」，而是「讀了會對書寫很好的書」**。

讀了以後，不確定功用會到哪裡。書，原本就只是感覺不錯，去讀讀看就好，所以我也不打算囉哩叭嗦地寫像書評的東西，單純停留在介紹就好。

◆《約翰．克里斯朵夫》羅曼．羅蘭

嗯，很厚一本。我是在超過十年前，加入大概二百人的合唱團，唱貝多芬的「第九號交響曲」時，指揮齊藤一郎老師說沒讀過《約翰．克里斯朵

夫》，不會瞭解貝多芬，所以就去讀讀看了。

主角是據說以貝多芬為藍本的音樂家，不過故事卻發生在貝多芬之後的時代，其他地方，貝多芬這個名字也多次出現在故事之中。

信念是什麼？藝術是什麼？成熟是什麼？這些龐大的主題，藉由**若非大長篇無法闡述的分量**描述出來。日文翻譯有豊島與志雄與新庄嘉章兩個版本，由於翻譯年代不同，箇中味道的差異也很有意思。

這世上有幾部被稱為大長篇的作品，杜斯妥也夫斯基的《卡拉馬祝夫兄弟們》、托爾斯泰的《戰爭與和平》、大仲馬的《基督山恩仇記》、還有紫式部的《源氏物語》等等。

選擇任何一部讀過一遍，體驗看看「大長篇是什麼東西」，嘗試徹底沉浸其中也不錯。只是，會很累就是了。

◆《神曲》但丁・阿利吉耶里

這部也很長。而且感覺不確定是詩還是小說，又像神話又像科幻，又像悲劇又像喜劇，總之想要瞭解人的想像力，讀這部會很好。

而且書中充滿各種引經據典，希臘神話、羅馬神話、亞里斯多德、聖經、天文學，是故事又像是事典。但丁對於調查這方面是一流的。

我有幾位小說家朋友，一問之下，他們同樣也說「**小說家是寫腦子裡看到的東西**」。這與隨筆的「思考所見所聞（事象），再書寫（心象）」，腦部運作有著根本性的差異。原來在他們的腦海中，放映著像電影的東西，然後再以文字呈現出來啊。

我高中時閱讀《神曲》，領悟到：「**啊～寫出腦袋裡所見的人，跟我的腦袋結構是不一樣的。**」

◆《資本論》卡爾·馬克斯

事先聲明，我不是共產主義者也不是左翼分子。但是這本書單純就只是有意思。這本書也很厚，太厚了，與同樣馬克斯所著，不過只鎖定想說的，將其化為簡短訊息的《共產主義宣言》（《共產黨宣言》）。

相較之下，本書內容不僅止於冷靜的社會觀察，不時還會冒出莫名其妙的比喻，這點很有意思。像是突然出現的莎士比亞作品登場人物「奎克莉夫人」（Mistress Quickly）等，書中會添加類似讓人想要吐槽的部分。

但是正因為如此，這本好厚好厚的經濟學典籍以讀物而言，是成立的。

內容方面，有世界經濟正如書中所言發展，讓人戒慎恐懼的預言部分，另外也有事到如今與現狀不符合的部分。只是，如果根據大幅撼動世界歷史的事實去閱讀，書中的假設、分析或說法，讀來都會讓人興致盎然。

◆**《新教倫理與資本主義精神》馬克斯・韋伯**

簡稱《**新教倫**》。這是哭鬧孩子一見就會自動靜下來的氣勢十足的社會學典籍。內容比前文資本論更往回追溯，闡述資本主義起初為何誕生，還有資本主義的機制。

關於喀爾文或路德「禁欲的」新教信仰，最終促成近代資本主義的誕生相關內容，雖然同樣奠基於「徹底調查」的基礎上展開論述，**進展方式卻頗為牽強**，但是還是能夠說服讀者，這點就有意思了。我覺得自己是透過這本書，學習到藉由調查讓對象信服的。

◆**《坂上之雲》司馬遼太郎**

這本書也很厚，但是沒兩三下就讀完了。講的不是他國的故事，也不是翻譯書籍，對於閱讀速度影響很大。

司馬遼太郎的歷史小說，有些部分會讓人不太清楚到底是隨筆又或小說，而這也是他的魅力所在。

才覺得，作者行文讓歷史人物彷彿歷歷在目一般地對話，筆鋒一轉突然又冒出「對了，筆者是這麼想的」。正活靈活現地描寫砲火四射的激烈戰場時，插進一句「另外說個題外話」。

不論如何，總之他就像是個將「調查」做到淋漓盡致的作家。據說只要司馬遼太郎一到舊書街，就會買滿滿一卡車的資料，整條舊書街事後都必須為了重新進貨而休息。

像我，司馬遼太郎的書已經沒有沒讀過的了，這真是人生的悲哀。

◆《美人論》井上章一

井上章一的文章很執拗執著。我想，他所運用的或許是**全日本最執拗執著**的文體了。

由於他是建築史的學者，對於專業之外的領域，帶著以學者特有的方法論去挑戰的味道。那種假設的設定方式、資料的收集方式、還有展開的方法，都讓人感到執拗執著、驚心動魄。

這本書並不是在闡述女性的美醜。內容是「世人會對什麼樣女性的什麼樣概念，貼上所謂『美人』的標籤」、「那樣的美人一直以來被如何對待的歷史」等研究，不過讀者讀著讀著會陷入感到「奇怪？」的倒置中。

同樣的手法，在推理國家為什麼做出「精神失常者無罪」的《瘋狂與王權》中，展開更為驚心動魄的思考實驗。

◆《羅馬人的故事》塩野七生

我在本書曾說過「不論你再怎麼調查、再怎麼書寫，都贏不了宇多田光的炸豬排故事」，不過這本大作能讓人瞭解「**都已經調查到這個地步，足以與宇多田光一決勝負了啦**」。

但是，很厚一本呢。

◆《閃耀的黑暗》、《越南戰記》開高健

這兩本，是很不可思議的書。兩本都是作家開高健以特派員身分，遠赴越南戰爭最前線時創作出的作品。

《閃耀的黑暗》是小說，而《越南戰記》是報導文學。但是很不可思議的是，應該是小說的《閃耀的黑暗》讀來總感覺像報導文學，而報導文學的《越南戰記》讀來卻像小說。

開高健是橫跨廣告文案撰寫者、報導文學與隨筆的專業寫手、小說家這三種定位維生的作家。以成為專業寫手為目標的人，逐一檢視他從各個定位寫出的作品，或許也會有無數的發現吧。

◆《中島羅門隨筆全集》中島羅門

中島羅門有許多散文出版，全部讀完後會發現很有意思的一點是「同樣的事情寫了好多次」、「好用的梗會重複用」。

不過嘗試分解後，會瞭解中島羅門很忠實地遵循「接觸事象後闡述心象」的隨筆的和弦進程的基本。

但是讓人意外的是，中島羅門端正的筆觸，最後絕對會走到抒情。只要閱讀他的作品，就能瞭解何謂「文章的靈魂」。

◆《想多瘋，還得看多有錢》筒井康隆

優秀的小說家同時也是優秀的散文家，這樣的例子很多。但是優秀的散文家同時也是優秀的小說家，這樣的例子卻很罕見。

這感覺像是向上相容（upward compatible），不過卻是寂寞的現實，一開始就

將隨筆或散文定為主戰場，以「專業寫手」為目標的人，必須先瞭解這一點才行。

這位優秀的小說家一九七〇年代在晚報連載的散文，竟然是每天更新。即便如此，內容仍維持一定的濃度。接觸事象後所帶出的那種可說是「創意飛越」的**假設的飛越距離**，還有每次不著痕跡描述出來的心象那種出乎意料之外的人文主義。先閱讀看看，是不會有損失的。

閱讀的收穫能運用於各類文章

寫出這麼一個理所當然得亂七八糟的標題，實在抱歉。閱讀書籍的收穫，能運用於書寫，這是理所當然的。我在第三章〈站在巨人的肩膀上〉該項也曾說過，所謂「這些就先閱讀看看吧」的書籍，讀起來只會有好處。

說到底，**這些存活過數十年、數百、千年歷史的經典，已經不是什麼因銷售量而「再版」的層次，而是因為內容有意思**，才會時至今日仍持續被印刷出版。

我們不能將閱讀書籍這件事的意義，壓縮到只剩「獲得能立即使用的知識」。我們也不能將閱讀書籍，限定成「學習該文章或文體」。書籍這種高密度的資訊聚集，正是你人生所邂逅的最顯著事象，也是你的心象應該擁抱的對象。

最重要的是，你藉由閱讀所感受到的體驗或感動，有一天也可能透過你自己本身的書寫傳達給某人。正因為如此，人才會提筆書寫的。

第4章：致想要改變生活方式的你

為什麼寫？

本章正是其他書籍沒有的部分

我雖然這麼寫出來了，不過仔細思考後，
發現本書不論哪一章都是其他書籍所沒有的。
要是其他書籍刊載了我寫的文章，那就是印刷疏失。
言歸正傳，我已經說了好多次，
本書不是為了指導寫作術而寫的書籍。
我甚至想要多講幾次，然後直接匯整成冊算了。
但是本章想談的，
是比這點更重要的「即便如此，人為什麼書寫呢？」
「寫了之後，會發生什麼事呢？」

為什麼寫？——①

書寫會讓世界變得狹小

接觸事象，萌生心象，你會想要寫些什麼？會想要讓某人閱讀自己寫的東西。

那樣，不是感覺上世界更開闊了嗎？好像在空無一物之處，創造出什麼全新的東西來，不是感覺很棒嗎？

不過，那是滿蠢（日文原文：tonchiki）的會錯意。康提基（Kon-Tiki）號是挪威人類學家索爾・海爾達打造的木筏，跟現在主題無關就是了。

書寫，是會讓世界變得狹小的。

例如，你想要開始書寫某段回憶。假設是旅行時的事情好了。你開始在稿紙上書寫。

「那時候是八月。發生在尾道的夜晚。」

全白的稿紙涵蓋了大宇宙的一切，原本是遼闊的汪洋大海，光是像這樣寫出來，你的世界已經被削去了一大塊。

將地球儀轉一圈，找到名為日本的小小列島，儘管如此，北起北海道、南至沖繩還是有一定的大小，書寫卻鎖定瀨戶內島的小小城市敘事。

闡述的是整整一年之中的十二個月，而且限定八月，再加上只要寫出了「夜晚」，除了傍晚六點到隔天凌晨三點這九小時之間所發生的事情，其他都會變得很難下筆。

明明自己都說是尾道的故事了，接下來卻寫什麼「那時候是八月。發生在尾道的夜晚。**我想來談談關於辛巴威的貨幣**」，那就是個笨蛋。

我曾在第二章指出，將商品命名為「女性冬天洗完澡的啤酒」的這個想法很蠢，不過自己開始幹起這種蠢事的，就是所謂的「敘述」。

一個人的世界，越寫會變得越狹小。這個人或許被他人誤認為是「對物理學很熟悉」，但是多方書寫之後，會徹底明白事實上好像不是這麼一回事。

但是，不需要害怕。那是因為，書寫首先是為了自己。你所接觸的事象，只有你自己知道。你所懷抱的心象，也只有你自己記得。

你只要像是在世界的某處挖掘一個小小的洞穴，插上一面小小的旗幟那樣去書寫就好。那麼一來，總有一天就會有某人行經那裡。

書寫就是會讓世界變得狹小。但是那個小小的什麼，無論如何，最終都會拓展你的世界。

為什麼寫？——②

貨幣與語言是同樣的東西

「貨幣與語言是一樣的。」

這點，我也常告訴文章講座的學生，結果只看到一張張發楞的臉。

特別是在資本主義發達後，馬克斯、索緒爾、今村仁司、岩井克人等各式各樣的思想家，全都指出這兩者的相似性。

換言之，他們發現人類至今發展出的兩項溝通工具「金錢」與「語言」，其實功能一樣。

大家可以翻閱看看平凡社《世界大百科事典》第二版，查看關於「貨幣」的定義。

所謂的貨幣，通常被定義為能發揮以下三項功能者。

即為：

① 清償手段（支付手段）的功能

② 價值尺度的功能

③ 儲值手段的功能

看過之後，就能瞭解「貨幣與語言的功能相同」是怎麼一回事了。我們試著直接置換看看。

所謂的語言，通常被定義為能發揮以下三項功能者。即為：

（1）清償手段（支付手段）的功能

換言之，語言能與什麼東西交換。

藉由語言表，能賦予存在的東西價值，與任何人都能交換。

就如同貨幣的匯兌一樣，也能與其他系統的使用單位「翻譯」。

（2）價值尺度的功能

換言之，語言能確保價值。

只要是在社會中以「共通工具」的形式流通，每個詞彙的價值都能互相擔保。此外，在貨幣經濟中，商品價值取決於買方為了換到該商品，願意做出多少犧牲（金錢）。

而在語言中，買方也願意做出犧牲（金錢）去傾聽或閱讀高價值的語句或文章。

（3）儲值手段的功能

換言之，就是能夠儲存語句。

不論是歷史紀錄又或個人記憶都能留下來，好好保存。

不論是偶然見到的情景，當下湧現的情感，為了闡述思想的理論結構，對於政治產生影響的演說，這所有的一切「全都能暫存，想用的時候再用」。

只要看看這三個特徵，就能瞭解巧妙用字遣詞掌握人心的人，還有巧妙運用金錢致富的人，兩者使用工具的方法如出一轍。

重要的是，**不論經濟又或語句，都不是零和賽局**。

我在先前雖然寫說「想獲得價值時，人就會做出犧牲」，由於評估能夠等價交換，在經濟中就是支付「金錢」。

而在溝通的交談中，就會回報對對方也有用的「語句」。

所謂的「語句」，是一種只要運用能讓對方獲益的方法，就能讓對方所有，還有本身所有增加的工具。

一旦書寫，並不會減損。反而會增加。

別忘記這一點去書寫，使其流通、交換，書寫方就能獲得更有價值的語句吧。

為什麼寫？——③

書寫是單獨一人投入的新創企業

接下來是個人的經驗談，我在一九八八年大學一年級時，參加了只有學生創業的公司。

其中有三十多名大學生，各自立下「將來要成為上市企業所有人」的誓言。

網路上有各種人都在寫，關於那個團體的故事。

我後來跟不上那個團體認真投入的程度，大學畢業時就成為了廣告代理公司的上班族。

但是事隔三十年一看，該團體後來的確人才輩出，實際上有十位東京證券第一類股上市企業的社長。

DeNA、GMO、ZAPPALLAS、KLab、Persol Career、北之達人Corporation……創設這些東證第一類股上市企業的夥伴都有個共通點，那就是：

「他們並不想成為富人，而是想要證明本身的正確性。」

不經意想到的商業模式，真的能對社會有所助益嗎？

那是一直以來的空前服務嗎？

他們以新創企業創業家的身分，反覆累積所有一切的錯誤嘗試。

結果，他們那不經意的想法為這世界帶來了益處，然後匯集了金錢。

他們與我，到現在還是常聚在一起喝酒的夥伴。

隨口一提，這群人之中會轉乘電車與公車趕去赴約，還會掛心最後一班電車時間的人，就只有無業的我而已。

想成為專業寫手的人，可以多聽聽創業家的話。

即便是像他們那樣的成功人士，也有很多人是到第十樁生意才總算成功、成功之前曾搞垮五家公司、孤注一擲的商品卻完全賣不出去……

像這樣經歷種種失敗後，現在這個生意才總算壓對寶。

專業寫手也一樣，即使嘗試書寫，卻老是幾乎是行不通的東西。

首先，要是自己能感興趣的東西才行。

這一點，不論是商務點子又或書寫文章，道理完全相同。

當這些東西公諸於世時，**不論如何就是對社會有沒有用、是不是一直以來沒有的東西等結果，將受到外界評價。**

自己是否正確，這也就是說，自己的正確性能否獲得證明。

而成為經營者的他們，如今每天也都在摸索全新商務點子。

以專業寫手為目標的人也是，想要寫出什麼，其中一個大受歡迎後，永遠持續寫出系列作品，寫到六十歲為止每個月都有三十萬圓（約台幣八萬二千元）收入之類的，那是絕對不可能的。

在這個網路時代，想書寫的人原本就多，而想閱讀的人很少，能藉由文章收取金錢的人就變成是極少數的一部分而已。

只是，每當書寫文章供人閱讀時，徹底思考：

「這文章對誰有用呢？是一直以來所沒有的東西嗎？」

那麼有價值的意見，就絕對會被標價。

「有價值的意見，怎麼會免費在書寫呢？我來標價吧！我來賣。你分10%，公司分90%就是了。」

會出現這麼說的人，所以我現在才會像這樣在寫這本書。版稅可以再幫忙提高一些，我會很開心的。

書寫，是單獨一人投入的新創企業。

我在毫無保證的情況下，辭去了每月都會匯入一筆可觀薪水、名為「電通」的公司，就此迎向五十歲大關。

那是因為，我想證明自己能感興趣的東西，以結果而言證明是對某人有用的。

為什麼寫？——④

文字將我帶到那裡去

我在序章說過，自己為什麼會辭去上班族的工作，開始以書寫謀生。由於是序章，已經滿前面的了。

忘記的人請**再買一本這本書**。

重新閱讀看看，就會發現相關內容寫在一開始的地方。

當我接下據說「一行也可以喔」的電影評論連載委託，結果不知道為什麼突然寫出了七千字交稿的瞬間，所有一切都完全改變了。

我雖然做了二十四年的廣告文案撰寫者，卻從沒寫過長文。

所謂的「廣告」，是廣告標題大概十五個字，而被稱為「廣告正文」的商品說明也大概二百字而已。

而且廣告文章，就是徹頭徹尾的「人家怎麼說就怎麼寫」。

這樣的自己，明明對方都說「一行也可以」了，卻還是徹夜敲打鍵盤，生平頭一次將腦袋裡的東西文字化後，突然就冒出了七千字來。
而且，那並不是想讓某人看才寫的。
單純只是根據**「因為自己想看」的衝動**罷了。

明明是因為喜歡才開始的，但是書寫長文真的很痛苦。
不但腰疼，總而言之就是很愛睏。
途中，內心絕對會萌生「真的不懂自己為什麼要做這種事」的情緒。
自己讀起來開心那是自己的事。
反正不論我寫什麼，也根本沒人會看啊。
只不過，這樣的事情一而再、再而三地重複累積下去，我竟然站到了從沒想過的地方去。
原來是，閱讀我寫的東西的某人，就那麼將我召喚到意想不到的某處去了。

「我拜讀過你寫的文章，所以想要見見你。」
接到這個聯絡的時候，我人正站在京都車站。

對方邀約說：「你寫的東西很有意思，請你喝酒。」
此時一回神，我人就到了九州。

有人邀約說：
「你寫的內容真的讓人很感興趣，請在眾人面前聊聊吧。」
當下的我正在靜岡一家叫做「SAWAYAKA」的店吃漢堡排。

接到委託說：「希望您務必幫忙書寫關於這方面的稿子。」
因而前往東北，並仰望會津磐梯山的那個瞬間。

被人告知：「田中先生，請幫忙寫一本書，我們想要出版。」

然後等著與對方碰面的時刻。

那每一個當下，我都會覺得：

「是文字將我帶到這裡來的。」

要是寫出了糟糕的語句，糟糕的語句絕對會把我帶到讓自己變得糟糕的地方去。

只要寫出好的語句，好的語句也絕對會把我帶到讓我變好的地方去。

我因此明白了這個道理。

平常只是動嘴閒聊消磨的時間，就像是無所事事走在路上。

就算只有些許也好，為了改變那條路上的景色，為了去到不是此處的其他某處，我就算辛苦也要像登山一樣去書寫文字。

登山，從道路的盡頭才正要開始。

為什麼寫？——⑤

書寫是生活方式的問題

先講結論。

書寫的人是沒人緣的，要是想表現自我，以音樂家或演員為目標會比較好。那些人會在人前露臉，有演奏會、有舞台、有電影或電視。

寫字的人是沒有生活的。書寫期間，不會與任何人碰面。

沒有人是一邊談笑、一邊書寫的。

我自己都會這麼想，這還真是一份讓人倒盡胃口、不見天日的職業啊。

而且是很累人的工作，生活會變得不規律，開始腰痛，常覺得愛睏，老被截稿日追著跑。

如果不寫，你是有機會成為企業經營者、奧運的馬拉松選手、又或太空人的。書寫，幾乎等同於捨棄了那些機會。這也就是選擇。

有人是這麼說的。**書寫，是人最後的職業**。像死刑犯，也會在獄中寫稿子出書。

只要是人，任誰都是孤獨的。

書寫，或許是為了面對孤獨的「解悶手段」。

孤獨的本質，就是一個人。人為什麼必須一個人誕生、又為什麼必須一個人死去呢？沒有人能夠回答這個問題。

不過，有些事情唯有在孤獨當中才能瞭解。

那個人的純粹之處、美麗之處、正確之處、溫柔之處，還有寂寥之處，不是在與那個人相會、面對彼此時，而是在分離後，一個人獨處時才會不經意浮現心頭、感染並感受到的。

事實上，當我們處於相互的孤獨中時，才能將對於他人的尊敬、愛情或共鳴深深烙印在心底。

書寫，還有閱讀，就是在瞭解那種相互的孤獨，將我們對於世界的尊敬、愛情或共鳴，化為在這只有一回的人生中，真正屬於自己的東西。

自己想要閱讀，為了自己調查。

記錄下那些內容的人，不但會讓人生變得更有意思，還能從自己深信不疑的執念中被解放出來。

我們在毫無所知的情況下誕生，一路瞭解事物、學習成長，我認為沒有比這更幸福的事情了。

為了自己所書寫的東西，被某人看到，與某人產生連結。

我認為在孤獨的人生之中，沒有什麼比得上與某人邂逅這樣的奇蹟了。

書寫，是生活方式的問題。

為了自己而寫就好。

只要寫出自己想看的就好。

附錄2

田中泰延相關報導與5選＋補充資訊

書寫，創造邂逅、創造對話。而在那樣的對話之中，又進一步創造了對於書寫的覺察。以下這些報導或對談，是「文字帶我到這裡來」的結果的邂逅，而且也是自己思考今後該寫什麼的路標。

＊　＊　＊

①田中泰延×糸井重里　邁入四十歲之後脫離社會常軌

www.1101.com/juku/hiroba/3rd/tanaka-302/

「Hobonichi糸井新聞」主辦，由許多人共同投入相同課題然後發表的「Hobonichi塾」。

三十六名人士與糸井重里先生還有我對談，內容以文字彙整後發表。同樣都是兩小時的對話，每個人聚焦的重點卻各不相同，這點非常有意思。

其中，由阿部光平先生負責整合的這一篇，採用了啟發我寫成本書的糸井重里先生的話語，還有我們的對話。

在此，想對糸井先生與阿部先生致上最大感謝。

② 關於書寫的公開雜談

www.1101.com/koneta_talk/indes.html

這是糸井重里先生在網路上發現「書寫的人」，邀請他們公開對談的紀錄。當時被召集的小說家燃殼與淺生鴨、專業寫手／編輯永田泰大、古賀史健還有我這五人組，事後只要一有機會就會持續投入旅行、撰寫連載又或製作同人雜誌等活動。

「書寫之人」的生活基本上是孤獨的，能彼此激勵「你每天都有在好好書寫嗎？」的夥伴彌足珍貴。

③ 優秀專業寫手所擁有的東西

www.machikado-creative.jp/planning/41527/

我與惠賜電影評論撰稿契機的「街角的創意」總編西島知宏先生，針對「以專業寫手的身分書寫」的方法論或意義等數度進行對談，並整理成報導。延續此事，我有幸擔任西島先生主辦的「明日的專業寫手研習會」講師，學生中有幾位後來順利以專業寫手的身分出道。

我非常開心，但是工作會被搶走，也覺得火大。不過，儘管只能略盡棉力，今後還是希望透過講師的工作，持續傳達「藉由書寫改變人生」的事實。

④「前大學生新創企業」夥伴的【Ryoma（株式會社 Ryoma Group）× SYN（株式會社 SYN）三十週年合作活動】

takanoridayo.blog.shinobi.jp/Entry/532/

本書數度提及，我在學生時期，成為卡車司機前曾為學生創業家團體的一員。

這是人氣部落格「網路各特定領域深入調查」營運者大柴貴紀先生，採訪該團體後寫成的報導。

就如同那些創業家持續想要發展新事業，我今後也希望持續書寫什麼。

⑤所謂的「工作價值」，真的存在嗎？

ten-navi.com/dybe/1829/

我「接受採訪」的機會也日益增加。

我直到二年半前都還是個公司職員，我自己都無法置信，這種訪問到底哪裡是人們所需要的呢？

負責本次對話採訪、統整的末吉陽子小姐口才很好，讓我說出了通篇實在是多餘的話來。

＊＊＊

◎ **補充資訊1：對話不准停！**

agaru.tv/movie/cd169f7d9e603615 8f5bf3255cba38e0/

很特別的地方在於，這是影片。這是我在二〇一八年十二月與電影《一屍到底》（原名：カメラを止めるな！〔攝影機不准停〕）導演上田慎一郎對談的二小時節目。上田導演對於至今深受影響的電影陣容的相關談話真的很歡樂，請大家務必看看。

我很常接受對談活動演出或演講委託，不過大家看過就會明白，這種場合中，我基本上也會做到與書寫相同程度的「調查」並「備妥寫好的東西」。

◎ 補充資訊2：田中泰延Wikipedia

ja.wikipedia.org/?curid=3751675

這是透過陌生人之手編輯的我自己本身的 Wikipedia 項目，這真的是自己本身被書寫出來的極致吧。

滾石樂團的米克・傑格在某次採訪中被問到：「您不寫自傳嗎？」

他回答：「請去閱讀Wikipedia。」

成為一個不需要自我介紹的人，真的很方便。

但是，那到底是誰寫出來的呢？

結語——

什麼時候寫？在哪裡寫？

5W1H常被提及，但是……

本書根據的是：

第一章　**寫什麼＝WHAT**
第二章　**寫給誰看＝WHO**
第三章　**怎麼寫＝HOW**
第四章　**為什麼寫＝WHY**

也就是所謂的「5W1H」的原則寫成的，理應如此。

雖然理應如此，我寫的時候卻忘得一乾二淨。
現在回頭去看看目錄，自己也很驚訝就那麼按照原則寫完了。

這本書似乎是根據那樣的原理原則寫成的，其實還擁有不太發揮功能的高雅。

我就無可奈何地寫出來吧，5W1H原則還剩下兩個，那就是WHEN與WHERE。

這些本來就是確定的。
你現在，就在那裡書寫。

人生是寂寞的。
而人生的寂寞在於，某人正在做些什麼的寂寞。
感覺所有朋友看來都比我厲害那天的寂寞，感覺世界扔下自己遠去的寂寞。

既然如此，自己扔下世界遠去就好。

去發現沒有任何人得知的風景、沒有任何人知道的語句就好。

僅僅在那一瞬間，就能戰勝世界的寂寞。

你所書寫的東西，由你自己本身閱讀時，唯獨在那一天，你會從孤獨被拯救出來。

自己觸碰到了什麼，心弦隨之被撥動，將這種感動以恰如其分的感覺努力寫了出來。在那一瞬間，超越了自己的寂寞世界。

數度反覆閱讀，但是不論閱讀幾次，那字字句句都沒有絲毫改變。那時候，就是再次提筆書寫的時候。

在做與不做的分歧點上

電影評論家荻昌弘，對於我看了好幾次的電影《洛基》做過評論。

那是一九八三年《洛基》藉由《月曜巡迴放映》這個節目，在電視上播放時所做的評論。

該段影片也以上傳YouTube等平台，希望大家去找找。

荻昌弘以評論家的身分徹底調查過電影，對於所有電影相關人士挑戰並獲得榮光的過程侃侃而談。荻先生是這麼說的：

「這是一段站在人生『做』或『不做』的分歧點上，最終選擇『做』的充滿勇氣之人的故事。」

我也一樣，不論是被人家說有多無趣的雜文、根本沒辦法賺到錢，都想要持續為自己書寫文字。

即便如此還是愛睏得不得了，整個人攤在沙發上的夜晚，我的耳邊由遠而近地傳來拳擊裁判的聲音。

我在倒數到八時起身，再次面對鍵盤。至少，我在人生「做」或「不做」的分歧點上，選擇了「做」。

人生驟然改變

我在某段時期，大概有二年常跑小說家田邊聖子女士府上，聽她說話。我也不是說因為想寫小說，所以請人家幫忙我進行文章修行。

我們彼此的關係僅止於莫名被選為酒友，有幸聽她閒聊而已，不過聖子老師常這麼說：

「只要寫下去，總覺得人生有一天就會驟然改變的。」

我聽了她這番話，之後還是悶悶不樂當了一陣子上班族，突然就有一位叫做西島知宏的先生來訪，問說：「想不想寫寫看電影評論呢？」

糸井重里先生看過我的評論後，某天就提出邀約：「要不要見個面呢？」把我找到京都去。

叫做今野良介的編輯則是寄來一封像瘋了一樣的電郵，對我說：「要不要出書呢？」

我現在，也不是說變成了有錢人或名人，但是我的人生驟然改變了。

書寫然後生活的每一天雖然很痛苦，卻也很快樂。

我一定會想聽你的故事

如果接觸到事象，就去調查看看吧，然後自己也來寫寫看隨之激發的心象吧，如果有人閱讀我的書之後這麼想，那麼希望你首先能去寫自己讀來會覺得有意思的東西。

自己數度閱讀，覺得以恰如其分的感覺寫出了什麼，那麼希望你務必在哪裡發表。如今網路上能刊載自己文章的空間是無限的。

我想要閱讀你寫的東西，然後覺得有意思。

我想要對此抒發感想。寂寞的人生是個別分開的，但是我想成為你在某處一起並肩前行的夥伴，相互連結。

另外，也希望你將本書推薦給其他人。

一個人買個十本，拿來送人也行。

只要能讓別人買一百本，就是我的「衣食父母」，我已經準備好對此構築出一套營利機制，然後在家庭式連鎖餐廳召開讀書會。

同樣一番話，多說幾次也無妨

本書有很多部分，是我一直以來在推特等平台忠實陳述本身察覺所寫出的東西，又或從對談或專業寫手講座課程中挑出自己覺得需要的，並補充說明。

特別是專業寫手根據我與糸井重里先生的對談，彙整出的〈邁入四十歲之後脫離社會常軌〉那篇，我從中獲得很大的啟發。

所以，或許有人會覺得我之前好像在什麼地方說過同樣的話，不過相同的話多說幾次也無妨。

據說安東尼奧．豬木去美國的時候，被航空公司弄丟了行李箱。他在無可奈何之下只好整個月都穿同一件夾克巡迴美國，結果每個看見他的人都說「那件夾克好適合你喔」，他因此發現「穿同樣衣服就行啦」，回到日本後就處理掉大量衣服。

所以，同樣一番話多寫幾次也無妨。

我對於將本書系列化有著滿滿的企圖心，從**《寫出自己想看的就好：Episode V 帝國的逆襲》**、**《寫出自己想看的就好：第14章　佛萊迪VS傑森》**，乃至於**《寫出自己想看的就好：PART 43　最後的聖戰》**，所有內容都一樣。

我還打算推出「全部買齊、再送一本」的企畫。我還在考慮收集完全套書籍，就能完成一座姬路城的隨書贈品。

你並不是大猩猩

本書開頭就曾經介紹「你是大猩猩嗎？首先請考慮成為人類吧！」的就業圖表，本人孤陋寡聞，還沒邂逅寫隨筆的大猩猩。

「我是大猩猩嗎？」寫出這樣文字的人，再怎麼想都不會是大猩猩。
藉由書寫，你就能以人的身分活下去。
人是因為生而為人，至少是為了不討厭自己，而書寫的。
是為了避免懷疑「自己或許是大猩猩」的煩惱而書寫的。
是為了不煩惱而書寫的。

因為首先只有自己是讀者，所以沒什麼好怕的。
即便只有一個人，要是有閱讀文章發表感想的人，明明應該是為了自己書寫的，無論如何最終還是會變成為了那個人而書寫。
寫出本書反覆陳述的「接觸事象，因此激發的心象」，首先就能拯救自己，或許還有其他某人的心。
人就是憑藉書寫，去發現存在於你我之間的風景的。

惠賜書寫契機的西島先生、糸井先生、今野先生、古賀先生、永田泰大先生、淺生鴨先生、燃殼先生、藤井亮先生、岡部將彥先生、川北亮君、田中健太郎先生、加藤順彥先生、鈴木創介先生、大田秀樹先生、加藤有美女士、熊坂仁美女士，還有好多人寫也寫不完。

總之對於根本不知道可以寫什麼的我，願意委託稿子的大家、閱讀我的作品的大家、告訴我感想的大家、負責整合協調的麥克、造型師潔西、人在匹茲堡的父母，還有足夠空間讓我東一位、西一位唱名嗎？我是真的很在乎這方面的。

還有，最重要的是，想對一路閱讀本書到這個部分的你，致上感謝，謝謝……

最後的最後、結語的結語

我正想像這樣心情愉悅地洋洋灑灑寫出謝詞時，編輯今野良介先生卻寄來一封足以從根本顛覆本書的電郵。

內容是這樣的：

「本書當初企畫就是一本商務書籍，既然書名都叫寫作術了，要是不談談更輕鬆拿手地書寫文章的方法，是不行的吧！」

原來如此。

有必要具體明確地寫出來呀！那我當然是知無不言，如下所述。

讓眾人閱讀，在Web或ＳＮＳ上精準有效率地將內容傳達出去、非常有意思又很簡潔明瞭的輕鬆寫文章法。

簡短一句話說明，就是這樣。

才沒有那種東西！

國家圖書館出版品預行編目資料

為自己而寫：改變人生的簡單寫作技巧 / 田中泰延著；鄭曉蘭譯--初版.--臺北市：平安文化, 2021.2 面；公分. --(平安叢書;第672種)(UPWARD;114)
譯自：読みたいことを、書けばいい。 人生が変わるシンプルな文章術
ISBN 978-957-9314-89-3 (平裝)

1.寫作法

811.1　　109021185

平安叢書第0672種
UPWARD 114

為自己而寫

改變人生的簡單寫作技巧

読みたいことを、書けばいい。
人生が変わるシンプルな文章術

作　者—田中泰延
譯　者—鄭曉蘭
發 行 人—平雲
出版發行—平安文化有限公司
台北市敦化北路120巷50號
電話◎02-27168888
郵撥帳號◎18420815號
皇冠出版社(香港)有限公司
香港銅鑼灣道180號百樂商業中心
19字樓1903室
電話◎2529-1778　傳真◎2527-0904
總 編 輯—龔橞甄
責任編輯—蔡維鋼
美術設計—江孟達工作室
著作完成日期—2019年
初版一刷日期—2021年2月

法律顧問—王惠光律師

讀者服務傳真專線◎02-27150507
電腦編號◎425114
ISBN◎978-957-9314-89-3
Printed in Taiwan
本書定價◎新台幣320元/港幣107元